UMA VIDA NÃO BASTA

ALMIR GHIARONI

UMA VIDA NÃO BASTA

TOPBOOKS

Copyright © 2012 Almir Ghiaroni

Direitos de edição da obra em língua portuguesa no Brasil adquiridos pela TOPBOOKS EDITORA. Todos os direitos reservados. Nenhuma parte desta obra pode ser apropriada e estocada em sistema de banco de dados ou processo similar, em qualquer forma ou meio, seja eletrônico, de fotocópia, gravação etc., sem a permissão do detentor do copyright.

Editor
José Mario Pereira

Editora assistente
Christine Ajuz

Capa
Miriam Lerner

Diagramação
Arte das Letras

TODOS OS DIREITOS RESERVADOS POR
Topbooks Editora e Distribuidora de Livros Ltda.
Rua Visconde de Inhaúma, 58 / gr. 203 – Centro
Rio de Janeiro – CEP: 20091-000
Telefax: (21) 2233-8718 e 2283-1039
E-mail: topbooks@topbooks.com.br

Visite o site da editora para mais informações
www.topbooks.com.br

Não existe testemunha tão terrível, nem acusador tão implacável quanto a consciência que mora no coração de cada homem.

Políbio (200 – 118 a.C.)
HISTORIADOR GREGO

Apesar dos 65 anos de idade e da experiência acumulada, Aníbal Cavalcanti se assustou com o que acabara de ouvir. Voltou a fita, e novamente a voz do filho o apunhalou.

— *Se eu tivesse mais coragem, daria um jeito de mandar logo o velho dessa para a melhor. Conheço gente que faria isso com eficiência e por um preço bastante razoável* — disse Ricardo para Rosana, sua mulher.

Aníbal deixou a fita correr mais um pouco.

— *Você viu que coisa ridícula o almoço que ele fez para aqueles médicos? Vive dizendo que vai passar dos 80, mas deve estar morrendo de medo que isso possa não acontecer* — disse Ricardo.

— *Resolveu puxar o saco dos médicos para que cuidem o melhor possível da saúde dele. É nisso que está interessado. Ou você está achando que, de uma hora para outra, teu pai começou a se interessar por medicina? O negócio dele sempre foi ganhar dinheiro e não vai ser agora que vai mudar.*

Houve uma pequena pausa e Ricardo continuou:

— *Pode deixar que eu já estou dando um jeito de melhorar a nossa situação.*

— *Como assim?* — perguntou Rosana.

— *Não quero envolver você nisso. Confie em mim.*

— *Veja lá o que você está aprontando. Você sabe o quanto detesto o seu pai, mas tenho que reconhecer que o velho não é burro.*

— *Ele não vai perceber nada. Pense que aquela casa de Angra está mais perto de ser nossa do que nunca. Só temos que esperar mais um pouco.*

Aníbal parou a fita.

Tinha decidido grampear os telefones do filho por suspeitar de que estivesse desviando dinheiro da sua corretora de valores para uma conta no exterior. Mas não tinha ideia de que fosse tão odiado por ele.

Ricardo, seu único filho, era dessas pessoas que parece optar por desperdiçar todas as chances de se sair bem em qualquer atividade.

Nunca foi de estudar, nunca teve disciplina para praticar algum esporte a ponto de se tornar um atleta, apesar de sempre ter cuidado do físico.

Chegou a ser um bom lutador de caratê, mas ao contrário do que se poderia esperar, isso fez com que se tornasse ainda mais agressivo, a ponto de se envolver em brigas pelos motivos mais banais e de ter deixado um rapaz cego de um olho depois de uma surra.

Nesse episódio, ocorrido em uma das boates da moda do Rio de Janeiro, em que Ricardo deu em cima de uma jovem acompanhada do namorado de maneira grosseira e escancarada, só restou ao advogado José Roberto tomar uma atitude de confrontá-lo, ainda que com o objetivo de resolver as coisas de modo pacífico.

O filho de Aníbal Cavalcanti começou a agredi-lo sem dizer uma palavra, e só não teve tempo de exibir todo o seu estoque dos golpes porque o agredido, amplamente inferiorizado fisicamente em relação ao agressor, foi arremessado ao chão logo após receber os dois primeiros socos.

As pessoas que perceberam o que se passava correram para conter Ricardo, mas não podiam imaginar que, antes que conseguissem dele se aproximar, ainda testemunhariam o chute desferido em José Roberto, já caído, sangrando e indefeso.

O golpe atingiu em cheio o olho esquerdo do rapaz, lesando irreversivelmente o nervo óptico, sem chance de recuperação.

Aníbal teve que gastar muito dinheiro e usar muito da sua influência para conseguir convencer a família da vítima a desistir do processo movido contra o filho e para mantê-lo longe do Rio por um bom tempo.

Apesar da relação difícil com o filho, Aníbal sabia, e muito bem, de quem ele herdara o caráter violento.

Quando Ricardo voltou ao Brasil, depois de três anos morando na Suíça, acabou encontrando um modo de absorvê-lo em uma de suas holdings, depois que passou a demonstrar interesse pelo mercado de capitais.

Estava com trinta e oito anos de idade e não tinha filhos.

Com a atual mulher, estava casado há cinco anos.

Rosana tinha tentado ser atriz, mas quando começava a se dar conta que não iria muito longe contando apenas com a sua beleza, conheceu Ricardo e, em menos de um ano, estavam casados.

A mãe dela, pertencente a uma família que já tivera muito dinheiro e poder no Rio de Janeiro, mas que nos dias atuais só mantinha algum prestígio e um título de nobreza europeu obtido de modo um tanto obscuro, viu na união da filha com o herdeiro de um milionário a oportunidade de prosperar, dessas que só acontecem uma única vez na vida.

Rosana teve o mérito de ajudar Ricardo a se afastar da cocaína, vício adquirido durante o tempo em que morou no exterior.

Aníbal sempre teve muita dificuldade de lidar com o filho e, embora fosse duro e soubesse agir de maneira ríspida, quando julgava necessário, nunca o confrontou. Nem poderia, considerando que nunca foram próximos.

Maria Lúcia, sua primeira mulher e mãe de Ricardo, com quem se casara antes dos trinta anos de idade, morrera pouco tempo depois que Aníbal se casou, pela segunda vez, com a filha de um banqueiro, fato que impulsionou a vida profissional dele e que representou um marco na construção do seu império financeiro.

Maria Lúcia foi vítima de um tumor raríssimo, que tinha matado o avô paterno décadas atrás. Com a sua morte, Ricardo foi criado por uma irmã dela que nunca se casou.

A segunda mulher de Aníbal, Letícia, que não podia ter filhos, nunca permitiu qualquer aproximação do marido com Ricardo e essa postura, aceita prontamente por ele, fez com que a distância entre os dois aumentasse mais e mais com o tempo.

Após a morte do sogro, já tendo assegurado uma rede de influência e poder nos meios financeiros, separou-se de Letícia e, fazia cinco anos, estava vivendo com Isabel, dona de uma confecção e vinte anos mais nova que ele.

Isabel tinha uma filha do primeiro casamento, que acabara de se formar em medicina e não pensava em ser mãe de novo, fato que Aníbal valorizava muito na relação deles, levando-se em conta que, ao contrário do que ocorrera no plano profissional, julgava-se inteiramente fracassado como pai. Além disso, tinha grande atração física pela mulher, o que, de certa maneira, trazia-lhe a sensação de enganar o tempo, por se sentir mais jovem, mais viril nos braços dela.

Ainda havia outros trechos na gravação selecionados pela firma de espionagem contratada por Aníbal, mas já tinha ouvido o que precisava saber.

É claro que o filho estava envolvido nos desfalques que vinham ocorrendo nos últimos meses, mas pensar que seria até capaz de mandar matá-lo só para apressar o recebimento da herança era algo que jamais imaginaria.

Avisou à sua secretária pessoal que não iria voltar para o trabalho naquela tarde e que não transferisse qualquer ligação para o seu celular, não importando de quem fosse.

Decidiu caminhar um pouco pelo Leblon, para onde tinha transferido a sede do Grupo Cavalcanti, que durante muito tempo funcionou no centro da cidade. Assim, ficaria perto de casa e ainda poderia desfrutar da vista do mar, não pela beleza da paisagem, mas por ser um testemunho diário e constante do seu sucesso na vida.

Parou para tomar café em um bar desses com cadeiras na calçada, o que não fazia havia tempo.

Preferia lugares mais discretos, com menos gente, onde fosse menor a chance de ser importunado por pessoas que conversam em um tom de voz mais alto ou de encontrar algum conhecido, com quem fosse obrigado a trocar palavras.

Pediu um capuccino e, enquanto aguardava, sentiu-se tentado a fazer um pequeno balanço do momento que estava vivendo.

Não que se sentisse ameaçado pelo que acabara de ouvir, porque, àquela altura da vida, não se permitia o direito de ficar abalado, não importa o que acontecesse.

Tinha plena consciência de que a maioria das pessoas com as quais se relacionava o temiam, mas a ideia de ser odiado a tal ponto pelo próprio filho era nova para ele.

Como é que o Ricardo podia ser tão burro a ponto de não ver que eu continuo exercendo com o mesmo afinco a tarefa de aumentar sua fortuna? Por acaso aquele imbecil não se dá conta de que eu valho mais vivo do que morto?— eram as perguntas que cruzavam a sua mente.

Seu raciocínio foi interrompido pelo sorriso da moça que lhe trouxe o capuccino.

Os primeiros goles do café trouxeram trouxeram-lhe ideias diferentes.

Talvez ele é que estivesse enganado.

De que adiantava o filho só receber a sua parte da herança daí a quinze ou vinte anos? Seria muito melhor recebê-la agora, antes dos quarenta, enquanto se pode desfrutar de prazeres que não estarão disponíveis em uma idade mais avançada.

Mas, então, se o filho estava certo, isso significava que ele começava a se tornar um estorvo, um fardo a ser descartado?

Os pensamentos brotavam na sua mente com uma velocidade que mal conseguia acompanhar.

Quer saber, aquele ingrato é que não merece nada. Mas, então, quem mereceria? Quem ficaria com os frutos de tantos acertos financeiros, de tantos esforços que pautaram minha trajetória profissional?

Resolveu fumar um cigarro. Naquela semana, tinha conseguido fumar menos de um maço por dia, mas estava difícil conseguir parar. Os aborrecimentos não o deixavam.

Foi só pensar nisso e notou um homem, usando um terno surrado, sem gravata, que lhe pareceu um pedinte, se aproximar. A barba por fazer, a roupa meio larga e usada e a sacola de supermercado não deixavam dúvida.

Naquele instante, arrependeu-se por ter escolhido uma mesa na calçada.

Não se pode mesmo baixar a guarda.

Para não se chatear, meteu a mão no bolso e puxou uma nota de dez reais. Assim que o tal homem se aproximou, fez menção de lhe dar a nota.

Surpreso, o outro agradeceu e disse que não era sua intenção pedir dinheiro.

Aníbal não contava com essa. Tentando se recompor, ofereceu novamente o dinheiro, mas o homem voltou a recusá-lo.

Levantou-se para ir ao banheiro, sentiu-se um pouco tonto e apoiou-se na mesa para não cair.

O tal homem tentou ajudá-lo, segurando seu braço, mas o empresário recusou a ajuda de modo abrupto.

— O senhor está bem? — perguntou o homem.

— Por favor, não me amole. Vá embora — respondeu Aníbal.

O homem o olhou bem nos olhos e disse:

— O senhor deveria visitar a sua terra natal. Tem gente lá que teria muito a lhe ensinar. Pense nisso.

Aníbal fez um sinal negativo com a cabeça, em tom de desaprovação, e dirigiu-se ao banheiro.

Enquanto urinava, pensou:

Só me faltava essa. Ouvir bobagens de um mendigo metido a besta. Até parece que ele sabe alguma coisa da minha vida..

Após lavar as mãos, deteve-se diante do espelho, ajeitou os cabelos cuidadosamente pintados e resolveu ir direto para casa.

Isabel ainda não tinha chegado da aula de ginástica.

Abriu o computador no escritório para revisar o projeto das casas de veraneio que sua firma tinha a intenção de construir na Região dos Lagos, quando o celular tocou.

Atendeu porque era o Glauco, que, além de ser o diretor geral do Grupo Cavalcanti e seu braço direito, era a única pessoa em quem realmente confiava, alguém que o acompanhava há muito tempo, testemunhando os fatos mais importantes da sua vida.

Aníbal tinha um sinalizador, como um pequeno semáforo, na porta da sala, que servia como uma indicação diária do seu humor. Quando a luz estava vermelha, o único que podia entrar na sala era Glauco, ninguém mais.

Isso era uma prova do prestígio dele junto ao chefe.

— Ouviu a gravação? — perguntou Glauco.
— Minhas suspeitas se confirmaram.
— E o que você pretende fazer?
— Ainda não sei. Vamos discutir isso no almoço amanhã.

Após desligar o telefone, Glauco ficou pensativo.

Convivia com Aníbal há quase quarenta anos e tinha para com ele várias dívidas de gratidão.

Tinha absoluta certeza de que devia a ele o fato de o seu filho estar vivo.

Quando Fábio teve diagnóstico de leucemia aos dez anos de idade, foi Aníbal que tomou a frente do caso, mandando-o imediatamente para os Estados Unidos, de onde voltou inteiramente curado três anos mais tarde.

Seu filho ocupava um cargo importante na construtora que pertencia ao Grupo Cavalcanti e, com o passar dos anos, vinha conquistando mais e mais a confiança de Aníbal.

Glauco, embora de temperamento mais contido, de vez em quando escapava ao próprio controle e se permitia imaginar o filho como o sucessor natural de Aníbal, já que Ricardo não podia ser levado a sério.

Mesmo não se considerando complexado, sentia-se incomodado pelo fato de mancar do pé esquerdo, sequela de um atropelamento sofrido aos quinze anos de idade.

Aníbal era a única pessoa conhecida que nunca fizera nenhuma menção ao seu defeito físico. Quando estava na companhia dele, era como se aquele problema não existisse.

Apesar da gratidão e de saber que podia contar com Aníbal, sabia muito bem do que ele era capaz.

Jamais conhecera alguém tão determinado, tão empreendedor. Tinha certeza de que o chefe confiava e gostava dele, mas temia o seu lado violento.

Aníbal fora o protagonista da cena mais aterradora que ele presenciara.

Dez anos atrás, quando sua casa de praia foi assaltada, Aníbal tentou reagir e foi agredido por um dos ladrões com a coronha do revólver, sofrendo cortes no rosto e no couro cabeludo e teve que sofrer uma cirurgia em consequência disso.

Não ligou muito para o dinheiro e para os objetos que foram roubados, mas ficou revoltado por ter sido agredido fisicamente e usou todos os meios possíveis para chegar até os ladrões.

Contando com a ajuda de amigos influentes que lhe deviam favores, ficou sabendo que o roubo tinha sido executado por alguns marginais da região com a ajuda do seu caseiro.

Deixou a cargo de assassinos profissionais eliminar os bandidos, mas fez questão de estar presente quando fosse aplicado o corretivo que o caseiro merecia, termo que ele usava com certa frequência.

Edinelson já trabalhava para ele há quinze anos.

Homem de quarenta e poucos anos, embora aparentasse pelo menos uma década a mais, desde que ficara viúvo havia perdido completamente o controle da bebida, tornando-se alcoólatra.

Sua filha e genro trabalhavam na casa; ela como arrumadeira e ele como jardineiro.

Naquela tarde chuvosa de abril, quando acompanhou Aníbal a um lugar ermo, à beira de um riacho, na estrada que liga S. Pedro da Aldeia a Búzios, Glauco não tinha a menor ideia do que o destino lhe reservara.

Já havia presenciado momentos de cólera de Aníbal nos quais, se não fosse a interferência de outras pessoas, teria sido capaz de agredir alguém fisicamente.

O caseiro foi trazido à presença do patrão, imobilizado por dois homens, que o empurraram na direção de Aníbal.

A primeira reação de Edinelson foi se ajoelhar e implorar que o perdoasse.

Aníbal não demonstrava nenhum nervosismo.

De maneira bastante sucinta, disse-lhe que a sua traição não merecia perdão.

Olhou para Edinelson friamente e fez um sinal afirmativo com a cabeça para um dos assassinos de aluguel, que sacou um revólver e disparou três vezes contra o tórax do caseiro.

O ruído seco dos disparos e o corpo inerte de Edinelson caindo na relva molhada seriam recordações que Glauco jamais esqueceria.

Depois desse dia, nunca mais tocaram no assunto.

Durante algum tempo, Glauco se perguntou porque Aníbal o fez testemunhar a execução do caseiro e acabou chegando à conclusão de que tinha sido uma prova de confiança, de que tinha sido escolhido para dividir com ele aquele fardo.

Enquanto Glauco era tomado por antigas recordações, Aníbal tentava se concentrar no projeto das casas, mas acabou desligando o computador.

Voltou a pegar o livro que tinha começado a ler, uma biografia de um mega-empresário americano, mas a fisionomia do mendigo metido a besta voltou à sua mente.

Pensando bem, havia algo diferente naquele sujeito. Seu porte era altivo, havia uma certa elegância no jeito de andar. E nas poucas palavras que lhe disse, pôde notar que era bem articulado, que demonstrava certa escolaridade. Sem dúvida, uma figura incomum.

E que negócio era aquele de visitar a terra natal?

Nascera em Paraíba do Sul, mas fazia tempo que não ia para aqueles lados.

Seus pais já haviam morrido, não tinha irmãos nem irmãs, nem parentes ou amigos que resistiram ao tempo.

Quando esteve lá pela última vez, chegou a reencontrar Cristina, antiga namorada, mas isso já tinha uns trinta anos. Nessa época, começava sua vida profissional e tinha ido lá para negociar a compra de um terreno.

Cristina, filha de um fazendeiro modesto, era apaixonada por ele.

Ainda muito jovem, tinha sido ele seu primeiro homem e, sempre que havia uma chance, acabavam transando.

Na verdade, sempre se sentiu envolvido pelo carinho daquela mulher, pelo jeito como ela o olhava e pela maneira direta, sem rodeios, de se entregar a ele.

Tentou se lembrar das suas feições, dos detalhes do corpo, do formato dos seios, da sua nudez, quando deitava ao lado dele, de como se tocavam na intimidade, e lutando contra o tempo, que tentava manter qualquer recordação bem distante, acabou por se lembrar de alguns momentos que viveram.

Lembrou-se dos cabelos pretos, do sorriso franco e dos seus olhos amendoados, cor de mel, a demonstrar uma personalidade forte, uma força contida, pronta para explodir.

Aníbal sempre valorizou mais o formato do que a cor dos olhos. Achava que uma pessoa podia ter olhos claros e acanhados, sem vibração. Já outra que, mesmo tendo olhos escuros, transmitisse vida e energia através do olhar acabava ganhando.

Estrategista vitorioso no mundo dos negócios, costumava dizer que é muito importante saber interpretar a expressão do olhar e se considerava um perito nessa habilidade.

Embora fosse uma moça do interior, Cristina era antenada com o que se passava no mundo, já falava de política, de super-população mundial, dos riscos de uma guerra nuclear e se interessava por religiões orientais, especialmente pelo budismo. Também adorava astrologia, e chegara a dar de presente a ele um mapa astral, ao qual ele não deu a menor importância.

Se, naquela época, ele já não se sentisse preso ao compromisso que tinha assumido para consigo mesmo de se tornar um homem rico, poderia muito bem ter se apaixonado por ela. Mas, na verdade, embora ainda não tivesse se dado conta de maneira mais concreta, já havia colocado o lado emocional em segundo plano. Por maior que fosse a atração por Cristina, não poderia pensar em nada mais sério com a filha de um modesto fazendeiro.

De jeito nenhum.

Já que o destino lhe havia dado um lar pobre, ele se encarregaria de arrumar um casamento com a filha de alguém que impulsionasse sua ascensão no mundo dos negócios.

Precisava deixar qualquer sentimentalismo de lado e passou a fazê-lo desde cedo.

Nesse momento, lembrou-se de sua mãe, cozinhando num fogareiro a carvão, na casa modesta em que moravam.

Na época, o pai já tinha falecido.

Apesar das dificuldades que enfrentaram, nunca viu a mãe se lamentar ou reclamar de nada.

Em seu modo de ver a vida, D. Palmira achava que todas as pessoas eram boas.

Acho que minha mãe era uma santa.

Nem mesmo essa recordação despertou nele qualquer emoção.

Afinal, não era isso o que ele sempre quis?

Pois tinha conseguido.

E não podia diminuir o ritmo.

Ainda não estava na hora.

Mas será que, algum dia, esse momento chegaria?

Não faltava gente querendo roubá-lo, a começar pelo próprio filho.

Era nisso que pensava, quando Isabel chegou e disse que não podiam chegar atrasados ao jantar daquela noite, no Gávea Golf Clube, no qual seria entregue o prêmio *Personalidade do Ano* a uma conhecida figura do meio político do Rio de Janeiro.

Teve vontade de dizer a ela que tinha decidido ficar em casa, mas lembrou-se de que poderia precisar do apoio do homenageado e de seus amigos em futuros projetos e limitou-se a perguntar se ela havia pensado em aprontar seu smoking.

Afinal, em toda a sua vida, os negócios não vieram sempre em primeiro lugar?

Viu que eram 6h15 e decidiu fazer um pouco de exercício.

Pediu ao copeiro que telefonasse para a sua *personal trainer* para que viesse o mais depressa possível à sua casa, onde havia montado uma verdadeira academia de ginástica.

Sentiu que, naquele momento, mais do que nunca, era preciso estar em forma.

Tinha que mostrar a todos, principalmente ao filho e à nora, quem é que segurava o leme dos negócios.

* * *

Durante o almoço do dia seguinte, Aníbal e Glauco conversaram sobre o que deveria ser feito para recuperar o dinheiro que havia sido desviado por Ricardo.

Mas, antes, precisavam descobrir quem mais estava envolvido. Certamente alguém ligado a eles, do próprio Grupo, que precisava ser afastado o mais depressa possível. E, até onde fosse possível, tinham que se certificar se não havia alguém de fora. O esquema montado por Ricardo era uma boa oportunidade para lavar dinheiro e não faltava gente interessada nisso.

Quanto ao filho, iria decidir com calma qual a conduta a ser tomada.

Agora que estava ciente dos sentimentos dele, talvez fosse melhor mantê-lo o mais próximo possível, vigiado, para poder se antecipar a qualquer manobra que pudesse prejudicá-lo.

Glauco se habituou, ao longo dos anos de convívio com Aníbal, a manter certa distância em relação a Ricardo.

Como jamais gostou dele, qualquer crítica que fizesse poderia ser interpretada como uma tentativa de fazer com que Fábio crescesse aos olhos de Aníbal e isso, além de não ser do feitio de Glauco, também não era uma boa estratégia, considerando que Aníbal gostava de discutir as coisas de maneira clara e objetiva.

Ficou decidido que iriam manter as escutas telefônicas por mais algum tempo, para que pudessem reunir mais dados sobre o que de fato estava acontecendo antes de começarem a agir.

Aníbal sabia que, em se tratando de seu filho, quanto mais se aprofundassem as investigações, maior a probabilidade de aparecerem novas falcatruas, mas reconhecia que o momento era crítico e que o melhor a fazer era manter a guarda a mais alta possível.

Terminado o almoço, voltou ao escritório e ficou sabendo que Taddeo Cardinelli, empresário italiano há muitos anos radicado em S.Paulo e com quem tinha parcerias em diversos empreendimentos, estava no Rio e queria vê-lo.

Apesar de não se encontrarem com frequência, considerava-o um amigo — um dos poucos que conseguira fazer ao longo da vida –, gostava da sua companhia e admirava sua correção no modo de fazer negócios.

Taddeo, descendente de uma das mais tradicionais famílias de Siena era, na opinião de Aníbal, o sujeito mais elegante que conhecera em toda a sua vida. Apesar de já ter passado dos setenta, mantinha o porte altivo, a elegância nos gestos e se vestia impecavelmente.

Em relação à vida profissional, embora habituado às facilidades que o dinheiro oferece, soube se cercar de uma boa equipe financeira e conseguiu aumentar o seu patrimônio ao longo do tempo.

No plano pessoal, sempre gostou dos prazeres que a vida tem a oferecer e nunca perdeu uma chance de se divertir: viajou, escalou montanhas, esquiou, caçou, pilotou carros de corrida e aviões.

Orgulhoso da sua origem, costumava dizer que o espanhol era a língua com que devemos falar com Deus, o francês com os amigos e o italiano com as mulheres.

Falando nisso, teve muitas mulheres, mas nunca se casou.

A única vez que chegou perto foi quando se envolveu com uma atriz italiana trinta anos mais jovem (na época, ele estava com sessenta anos), mas acabou ouvindo o solteirão convicto e (por que não dizer?) feliz, que falou mais alto dentro dele e acabou desistindo um mês antes do casamento.

Também nunca se ouviu falar que tivesse filhos.

Combinaram um jantar para o mesmo dia.

Como Taddeo estava sozinho, Aníbal resolveu que iria sem Isabel. Ela já estava acostumada aos jantares de negócios do marido e não se importava, a não ser que se tratasse de algum evento com muita badalação. Não gostava de perder uma ocasião em que pudesse estrear um novo modelo, e as idas à sua estilista predileta representavam uma parte importante da sua vida.

Marcaram em um restaurante francês que fica em um hotel na Avenida Atlântica, que tinha acabado de ser redecorado. Naquela noite, estavam inaugurando um novo menu com a presença de um chef de um dos grandes restaurantes de Paris, que Taddeo conhecia bem.

Aníbal notou que o italiano tinha perdido peso e parecia menos corado do que de hábito.

Com a discrição que o caracterizava, não fez nenhum comentário sobre o fato, mas logo ficou sabendo que Taddeo tinha passado recentemente por problemas cardíacos que o levaram a um tratamento sério e a uma mudança nos hábitos de vida, o que incluía, também, a alimentação.

— Pois é, Aníbal. Estou sentindo que mio fine se aproxima. Mas quero viver, até o último giorno, fazendo o que mi piace, curtindo a vida, dentro do possibile.

Conhecendo o lado um pouco rebelde de Taddeo, Aníbal provocou:

— Imagino que você esteja seguindo as recomendações médicas direitinho.

— Mio cardiologista me conoce há muito tempo e sabe que não adianta me impor precettos molto rígidos, que contrariam a minha concepção da vita. E isso inclui o mio vino.

Aníbal sorriu. Gostava da companhia de Taddeo.

— Está certo.

— Faz um tempo que a gente não se vê.

— Nessa correria que é a nossa vida, não é de se estranhar — disse Aníbal.

— Estou me aposentando. A partir do mês que vem, vou abitare na fazenda. Você passou uns dias comigo lá há muito tempo.

Aníbal não se lembrou de pronto. Sabia que ele possuía uma fazenda, mas não lembrava onde.

— Non ti ricordi quando estivemos em Paraíba do Sul com aquele grupo de alemães?

Aníbal precisou de um momento para resgatar a memória daquela ocasião.

— Claro que sim. Foi a última vez que estive lá. E já vão aí uns trinta anos, talvez — disse Aníbal surpreso, por se dar conta que esta fora a última vez que tinha visto Cristina.

— Pois é.

— Nunca imaginei que você pudesse morar no interior. Você é um homem de cidade grande.

— Tem razão. Mas acho que essa mudança vai me fazer bene. Além disso, estou quase casado com una scritora e ela vai comigo.

Aníbal demorou um pouco para processar o que acabara de ouvir.

— Por essa eu não esperava!

— Nos conhecemos há seis meses e resolvemos vedere come le cose vão funcionar morando juntos. Confesso che sono animado com essa possibilidade.

Vendo que Aníbal ainda permanecia perplexo, Taddeo continuou.

— La vita é interessante. Agora che non tenho mais o vigor físico do qual sempre me orgulhei, parece que estou em melhores condiziones de me relacionar com uma mulher. Já não sinto aquela necessità de levá-la para a cama o mais depressa possibile, como se estivesse correndo contra o tempo. Além disso a presença de Cecília me piace. Me faz bem tê-la por perto. Será que você me entende?

— Vindo de você, é difícil de acreditar. Mas acho que vai dar certo. Você é um homem de sorte.

— Acho que sim. Um amico mio costuma dizer que Dio gosta de três tipos de persone: quem recebe herança, quem mangia e não engorda e quem não tem figli. E posso me incluir nas três categorias. Quando penso nos problemi que um figlio pode dar, me sinto aliviado!

Aníbal pensou em Ricardo, franziu a testa e balançou a cabeça em tom de aprovação.

Taddeo percebeu que falara um pouco demais. Embora não soubesse de detalhes, sabia que a relação de Aníbal com o filho não era das melhores. Tentou consertar.

— Ma quem sono io para falar disso? Nunca passou pela minha cabeça a ideia de ser padre. Sou um completo ignorante no assunto.

Aníbal continuava pensativo.

Teve vontade de se abrir com Taddeo e contar-lhe o que acabara de descobrir sobre Ricardo. Mas resolveu controlar aquele impulso. Isso poderia ser interpretado como um sinal de fraqueza, o que não seria nada bom para os negócios. Não poderia fraquejar, nem mesmo diante de alguém que considerava um amigo.

Taddeo tentou animá-lo.

— Estou achando você um pouco triste e isso não combina com um uomo que carrega o nome de um grande conquistatore — disse Taddeo referindo-se ao general de Cartago que enfrentou os romanos no século II a.C.

Aníbal esboçou um sorriso.

— Lá vem você com as suas citações históricas. Estava demorando.

Taddeo era um estudioso de História em geral, principalmente do Império Romano e, com frequência, se referia a alguma personalidade dessa época, o que agradava bastante ao amigo.

— Infatti, a comparação não foi boa. Seu homônimo acabou derrotado pelos romanos e você só tem colecionado vittorie.

Talvez pela primeira vez em sua vida, Aníbal não se sentiu envaidecido ao ouvir um elogio desse tipo.

— Me fale da fazenda — disse ele mudando de assunto.

Taddeo começou a falar dos seus planos, que incluíam a construção de uma pousada e, novamente, Aníbal se lembrou de Cristina. Como estaria ela? Será que se reconheceriam se voltassem a se encontrar depois de tanto tempo? Que rumo teria tomado a vida dela?

— E então, posso escolher o vino? — disse Taddeo trazendo Aníbal de volta ao momento presente.

— Não vá exagerar. Não é possível que não exista um vinho bom que não custe um absurdo.

Embora não fosse propriamente pão-duro, Aníbal não gostava de esbanjar. Achava um absurdo pagar caro por um vinho se, na concepção dele, era tudo quase a mesma coisa. Achava uma bobagem, quase uma frescura, esse negócio de ficar se metendo a conhecedor de vinho. No caso de Taddeo, ainda dava um certo desconto por conta das tradições italianas. Sabia que a família dele tinha até um vinhedo nos arredores de Siena. Além disso, achava que o ritual que ele usava em relação ao vinho fazia parte de todo um jogo de sedução que usava para ter sucesso com as mulheres. E, até onde podia testemunhar, funcionava.

Taddeo achava engraçado como um homem tão rico pudesse ser tão apegado ao dinheiro. Nunca tinho visto ou sabido de alguma coisa pela qual Aníbal se interessasse que não estivesse relacionada com negócios. Nenhum hobby, nenhuma curtição, nenhuma extravagância que fosse.

Durante o jantar, insistiu que Aníbal passasse alguns dias com ele na fazenda.

Tentou convencê-lo a se tornar seu sócio na pousada. Explicou que queria fazer algo no estilo de uma locanda que fica em Montefollonico, na Toscana, chamada La Chiusa, que tem uma decoração rústica, como se vê nas fazendas em geral, mas com todo o conforto que se possa imaginar. Sua ideia era ter, no máximo, dez quartos para que pudesse oferecer um serviço impecável, como os que se vê nos hotéis da cadeia Relais&Chateaux.

Também tinha chegado à conclusão de que seria uma ótima oportunidade de realizar um velho projeto: abrir um restaurante. Já tinha feito um acerto com um chef de São Paulo que seria responsável pelo menu, renovado a cada mês. Quanto aos vinhos, ele próprio se encarregaria de fazer a seleção, dando ênfase à produção italiana, em especial aos vinhos da Toscana, o que não deixava de ser uma homenagem às suas origens.

Cecília era apaixonada por equitação, e ele pretendia ter cavalos da melhor qualidade, para os hóspedes que quisessem fazer cavalgadas ecológicas. O que não faltava por lá eram trilhas a ser exploradas.

Enquanto Taddeo falava, Aníbal olhava para o amigo com admiração. Podia notar que, desde cedo, ele teve acesso ao que a vida pode oferecer de melhor, em termos de educação, de cultura, de conforto.

Embora, nos dias de hoje, talvez tivesse até mais dinheiro do que ele, ainda se lembrava daquele menino pobre que, aos oito anos de idade, estudava em colégio público e levava pão com ovo de merenda. Chegou a achar, durante algum tempo, que aquela lembrança tenderia a se esmaecer à medida que a sua fortuna fosse aumentando. Mas começava a se dar conta de que aquele menino ainda vivia dentro dele e, de certa maneira, era aquele pequeno Aníbal que ouvia, naquele instante, os planos de Taddeo. Havia entre eles uma distância que nenhum dinheiro poderia aproximar.

Acabou aceitando o convite para passar o fim de semana seguinte em Paraíba do Sul.

Depois do jantar, deixou Taddeo no Cesar Park, em Ipanema, e, em vez de voltar logo para casa, no Jardim Pernambuco, pediu ao seu motorista que desse uma volta pela praia.

Lembrou-se que houve uma época em que gostava de curtir a vista de Copacabana e Ipanema à noite. Mas, fazia tempo, se esquecera desse pequeno prazer. Reconheceu que a culpa era exclusivamente dele, pois, como pôde constatar, as praias ainda estavam no mesmo lugar e as luzes pareciam brilhar ainda mais.

* * *

Quinze minutos depois da hora combinada, Ricardo chegou à churrascaria.

Fazia muito calor na Barra da Tijuca.

Quando deixou o veículo com o manobrista, notou o carro blindado importado e os guarda-costas, que deviam ser de Tito Pereira, figura das mais conhecidas da contravenção do Rio, que já o aguardava, acompanhado de Olavo Fontes, seu advogado.

Desculpou-se pelo atraso, colocando a culpa no trânsito, e disse a Tito que era um prazer conhecê-lo pessoalmente. Achou-o ainda mais magro e mais abatido do que nas fotos de jornais.

Sendo alguém que detestava ser forçado a esperar, Tito esboçou um sorriso e o convidou a sentar-se em frente a ele.

Estranhou terem marcado aquele almoço em uma churrascaria, mas logo se deu conta que isso deveria ter partido de Olavo que, com seu físico avantajado, tinha cara de ser frequentador assíduo desses lugares.

Quase um ano antes, quando foi abordado por Olavo com o objetivo de lhe propor uma operação de lavagem de dinheiro, que envolveria a abertura de uma conta no exterior, Ricardo vislumbrou a oportunidade de ganhar uma quantia alta.

Nos anos que passou na Suíça, fez alguns contatos que poderiam ajudá-lo a concretizar o negócio sem maiores dificuldades.

Além disso, contaria com a colaboração de um dos advogados do grupo de seu pai que estava endividado.

Olavo foi direto ao assunto:

— Então, parceiro, está tudo certo? Quando é que podemos fazer a próxima remessa? Você já sabe como a gente trabalha. Vamos te mandar tudo cash.

— Meu contato lá fora está nos Estados Unidos. Enquanto ele não voltar a Zurique, não posso fazer nada. E dessa vez, pelo que você me disse, a grana é bem maior.

Tito, que se distraía com a pulseira de ouro que carregava no pulso direito entrou na conversa:

— Esse é o nosso jeito de fazer negócio. Conforme vamos pegando confiança na pessoa, vamos dando mais linha. Trabalhe direito e vai lucrar muito com a gente.

Enxugando o suor da testa no guardanapo, Olavo perguntou:

— Por falar em lucrar, você está a par do projeto que o Grupo Cavalcanti está querendo construir na Região dos Lagos?

Sem ter a menor ideia do assunto, Ricardo fez que não com a cabeça.

— Seu pai está planejando uma série de encontros com políticos e empresários de Cabo Frio, Araruama e Saquarema. Seria bom você se inteirar dessa operação, porque temos muito interesse nisso, especialmente se os cassinos vierem a ser liberados naquela região.

Tito voltou a se dirigir ao filho de Aníbal Cavalcanti:

— Quanto mais você corresponder, mais oportunidades vão aparecer. E, com a gente, você não perde. Só não vale nos decepcionar.

Longe de ser um bom observador, Ricardo não pecebeu o tom quase ameaçador no que acabara de ouvir. Achou que o seu sócio era um homem direto, que não gostava de desperdiçar palavras.

Olavo sabia que um dos advogados do Grupo Cavalcanti estava envolvido nos desfalques e perguntou quando iria conhecê-lo.

Ricardo respondeu que ele preferia não aparecer, ao menos por enquanto.

O advogado olhou para Tito e deu a entender que, naquele momento, não precisava insistir no assunto.

Em seguida, Olavo notou que Ricardo estava ansioso para puxar o assunto da casa de Angra dos Reis, que Tito estava pensando em vender.

— Pois é, Tito. Como eu te falei, nosso amigo aqui está interessado na sua casa de Angra — disse Olavo, dando um tapinha no ombro do patrão, gesto que não agradava nada a Tito, que era avesso a qualquer tipo de contato físico.

— Se ele fizer o dever de casa direitinho, quem sabe eu não deixo a lancha de brinde? — disse Tito sorrindo e mostrando os dentes amarelos de tanto fumar.

Ricardo gostou de ouvir aquilo.

Ser dono de uma casa cinematográfica daquelas e, ainda por cima, ter uma lancha seria um sinal bem evidente de que a sua hora tinha chegado, de que não era o inútil que todos pensavam. Enfim, seria o momento de sair da sombra. Teve vontade de pegar logo o celular para contar a novidade para Rosana. Mas faria isso quando chegasse em casa, depois de abrir uma garrafa de champanhe. A ocasião merecia.

* * *

Às três da tarde, Aníbal conseguiu sair do escritório para chegar à Paraíba do Sul, ainda com a luz do dia.

Não queria pegar a estrada à noite, principalmente em uma sexta-feira.

Já tinha ouvido comentários de pessoas que tinham sido assaltadas na Rio-Petrópolis, até mesmo de dia.

Aníbal possuía dois carros blindados. Raimundo, o motorista, que tinha sido policial e já trabalhava para ele há mais de dez anos, atirava bem e sempre levava consigo uma pistola automática Taurus .40, com uma bala na agulha e dezenove no pente.

Homem experiente, sabia que qualquer situação de perigo que não conseguisse resolver com, no máximo, cinco tiros, estaria fora de controle.

Por isso, a cada quinze dias ia a um estande de tiro em Jacarepaguá treinar a pontaria.

Aníbal, de vez em quando, acompanhava Raimundo e levava um revólver 38, que lhe pertencia há muito tempo mas, por ter plena consciência de que, para ele, atirar em alguém era algo que poderia fazer com a maior facilidade, preferia não andar armado.

Também não lhe agradava andar cercado de seguranças. Não queria saber de alguém convivendo com ele o dia todo, conhecendo sua rotina e hábitos.

Apesar de gostar da companhia de Isabel, ficou até aliviado quando ela disse que não poderia acompanhá-lo. Naquele fim de semana, uma sobrinha dela ia se casar, e a irmã Sandra fazia questão absoluta da sua presença.

Quanto a ele, que detestava cada vez mais qualquer compromisso familiar ou social, teve no encontro com Taddeo uma ótima desculpa para não ir ao casamento.

O que ele não sabia era que a família de Isabel via na ausência dele um alívio.

Na presença do marido, sentia-se tolhida, obrigava-se a manter um comportamento discreto.

Quando Aníbal não estava por perto, Isabel podia ser ela mesma.

Isso ficava bem evidente quando Sandra, que foi a irmã certinha, lembrava as preocupações que Isabel dava aos pais, não só por não ser boa aluna, mas por se meter a fazer esportes radicais, ainda mais sendo mulher.

Essas recordações resgatavam momentos divertidos, como aquele em que, quando tinha quinze anos de idade, para justificar as notas baixas que vinha tirando em matemática, disse ao professor que o pai perdera o emprego e que ficava difícil estudar, quando nem sempre tinham o que comer à noite. A partir daí, a família passou a receber toda noite uma pizza gigante sem ter a menor ideia de quem a enviava.

Quando os pais descobriram que o autor da boa ação era o próprio professor de matemática, que resolvera ajudar a família depois do que Isabel lhe contara, ficaram furiosos. Não fosse a interferência de Sandra e da mãe delas, o pai teria aplicado uma surra na filha caçula.

Houve também o caso do namoro com um rapaz que fazia asa-delta e convidou Isabel para acompanhá-lo em um voo duplo.

Ela logo aceitou o convite, mas, para complicar o programa deles, naquele dia o vento mudou de forma inesperada e eles acabaram pousando em São Cristovão, em vez da Praia do Pepino.

É claro que a família ficou sabendo, já que a aventura chegou a ser divulgada na imprensa, mas, àquela altura, os pais dela já tinham começado a frequentar uma igreja messiânica em Copacabana, na esperança de poderem lidar melhor com as atitudes da filha e, só de ver que ela não sofrera nem mesmo um arranhão, ficaram aliviados.

Aníbal chegou à fazenda de Taddeo por volta das quatro da tarde e ficou surpreso com o tamanho do lugar.

Antes que Raimundo estacionasse o Audi azul-marinho em frente à casa principal, percorreram alguns quilômetros já dentro da propriedade.

Taddeo veio ao encontro de Aníbal com uma taça de champanhe na mão. Entregou-a ao amigo e o convidou a fazer um brinde.

— Ao nosso fim de semana e, quem sabe, à nossa società na pousada que vamos construir aqui!

Aníbal ergueu a taça.

Taddeo o abraçou e disse:

— Esse negócio de dizer que os italianos gostam de prosecco non è vero. Se fosse, o grande sucesso do Pepino de Capri se chamaria "Prosecco" e não "Champagne".

Aníbal riu.

Taddeo o conduziu à sala de estar, onde Cecília os aguardava com um livro nas mãos.

Após ser apresentado a ela, Aníbal não se surpreendeu com sua beleza, mas com o fato de encontrar uma mulher que devia ter quase sessenta anos. Levando em conta a ficha corrida de Taddeo, tinha imaginado que fosse bem mais jovem.

Aníbal disse que não se lembrava de nenhum detalhe, quando visitara a fazenda na década de oitenta.

Taddeo explicou que se tratava de uma antiga fazenda de café construída no final do século XVII, que tinha dezoito quartos com sacadas de ferro importado e vários outros requintes que, na opinião dele, davam um charme todo especial ao local.

Conduziu o amigo ao seu quarto e avisou que o esperava lá pelas 8h30, para um drinque antes do jantar.

Como Aníbal não tinha o hábito de dormir à tarde, tomou uma ducha e resolveu se deitar para relaxar um pouco, mas acabou adormecendo. Acordou às 7h30, sentindo-se descansado, o que não acontecia havia muito tempo.

Telefonou para a cozinha e pediu um café.

Sentou-se na cama e se deu conta de que sonhara que estava passeando em um jardim, conversando com alguém que estava usando uma túnica branca, mas não conseguiu trazer à lembrança o rosto da pessoa. Lembrou-se, também, que no meio do jardim existia uma fonte. A água jorrava de uma escultura feminina e, ao pé da fonte, havia uma inscrição.

Não ligou muito para o fato, já que raramente se lembrava de algum sonho.

Quando encontrou Taddeo, comentou com ele que estava surpreso por ter dormido à tarde, algo que jamais lhe ocorria.

Taddeo disse que o astral daquele lugar era ótimo para descansar e mesmo que não quisesse ser sócio dele na pousada, certamente seria um cliente assíduo.

— Acho que vou ter dificuldade para pegar no sono logo mais.

— Duvido muito. Ainda mais com o vino que vamos tomar — disse Taddeo e se levantou para mostrar ao amigo uma garrafa de Solaia 2004.

— Você sabe que eu não entendo nada de vinho.

— Mas nunca é tarde per cominciare. Esse é o meu preferito da Toscana. Se você se lembrar disso, já vou me dar por satisfeito.

Nesse momento, Cecília chegou e pediu a Taddeo para abrir o champanhe, que repousava pacientemente em um balde com gelo.

— Taddeo fala muito de você — disse ela para Aníbal.

— Faz muito tempo que nos conhecemos. Já fomos sócios em muitos empreendimentos.

— Ele sempre elogia o seu talento para fazer bons negócios. Falando nisso, acabou de sair o livro de um empresário muito bem-sucedido que fala da importância da sorte no mundo dos negócios.

— Ter sorte sempre foi a melhor strategia — comentou Taddeo enquanto servia o champanhe.

— Era esse livro que você estava lendo à tarde? — perguntou Aníbal.

— Não. Comecei a ler um livro sobre um homem que ficou cego aos três anos de idade e que tem uma possibilidade de recuperar a visão se for submetido a um tratamento com células-tronco.

Mesmo interessado no que Cecília dizia, Aníbal notou que ela usava um broche que lembrava o formato de um olho.

Ela continuou a falar do tal livro.

— O personagem principal me conquistou logo de cara, porque, apesar de não enxergar, é um homem realizado tanto no plano profissional quanto no pessoal. É casado com uma mulher legal, além de bonita, tem dois filhos que o adoram e está desenvolvendo um sistema de GPS para cegos.

— Só mesmo na ficção isso pode acontecer.

— Não sei. Algumas pessoas parecem não tomar conhecimento dos problemas que a vida traz, por maiores que sejam, e vão em frente — disse Cecília com um ar pensativo.

Taddeo resolveu entrar na conversa.

— Sabia que você está diante de una autora premiata?

Cecília olhou para o chão, um pouco envergonhada.

— É isso mesmo. Cecília acabou de ganhar um prêmio pelo seu último livro.

— E qual é o assunto? — perguntou Aníbal.

— Não sei se você gostaria. É a história de um homem que sofre um acidente e entra em coma. Nesse estado, ele se encontra com o seu guia espiritual, espécie de anjo da guarda, e eles fazem uma revisão da vida dele. Enquanto isso, há uma história paralela, que se passa bem longe de onde ele se encontra, que vai determinar se ele se recupera ou não.

— A Cecília adora assuntos esotéricos, tipo vita após a morte — disse Taddeo.

— Então você acredita em reencarnação? — perguntou Aníbal.

— Acredito.

Aníbal nunca se dera ao trabalho de pensar nisso. Já bastavam os problemas desta vida. Por que ficar se preocupando com o que acontece depois? Além do mais, para ele, a morte representava o fim de tudo. Morreu, acabou.

Durante o jantar, Aníbal elogiou o Solaia. Disse que, na verdade, nunca tinha tomado um vinho tão bom.

Taddeo gostou do comentário.

— Viu como o seu paladar está melhorando? Esse vino recebeu 98 pontos do *Wine Spectator*, que é a principal publicação specializatta nos Estados Unidos. E foi pouco. Minha nota é 100.

— Esse italiano é mesmo incrível. Ele estuda até mesmo o vinho antes de bebê-lo. O homem é um estrategista — disse Aníbal olhando para Cecília.

Cecília concordou com Aníbal e sugeriu que organizassem degustações regulares, quando a pousada ficasse pronta.

Taddeo gostou da ideia. Virou-se para Aníbal e disse:

— Pode deixar que a primeira inscrição está riservata para você. Vou fazer de você um expert no assunto.

Depois do jantar, Cecília foi se deitar, e os homens ficaram conversando.

Entre as baforadas que tirava do charuto, Taddeo disse a Aníbal que, no dia seguinte, daria uma volta com ele pela fazenda e lhe mostraria o esboço do projeto para a construção da pousada.

Taddeo notou que Aníbal não estava muito interessado no que ele dizia.

Interpretou esse fato como um sinal de que os ares da fazenda estavam fazendo com que ele relaxasse um pouco, e achou que isso era ótimo, ainda mais para alguém que parecia carregar o mundo nos ombros.

* * *

Aníbal acordou às nove horas da manhã com um telefonema de Isabel.

Ela notou que ele acabara de acordar e ficou surpresa, já que ele raramente se levantava depois das 7h30.

A conversa foi rápida porque os preparativos para o casamento da sobrinha iriam começar cedo.

Comentou que estava preocupada com a filha, Gabriela, que fazia o primeiro ano de residência médica em um hospital público no Rio e tinha chegado em casa mais uma vez tarde e com cara de choro.

— Não entendo como essa menina quer ser pediatra. Não bastasse sofrer pelos pacientes, ainda quer resolver os problemas das famílias deles. Você poderia conversar com ela e tentar colocar um pouco de lucidez naquela cabecinha.

— Calma, Isabel. Pode ser que ela acabe mudando de especialidade. Vamos esperar um pouco.

Aníbal nunca fez a menor questão de ser gentil ou de procurar agradar a alguém, mesmo quando havia interesse em jogo. Mas não escondia sua simpatia por Gabriela.

Educada, objetiva, ela era dessas pessoas que deixam o ambiente mais agradável com a sua presença. Apaixonada por dança e com a beleza suave das bailarinas, poderia ser bem sucedida em outra carreira, mas tinha mesmo vocação para a medicina. Ao contrário da mãe, que vivia de mãos dadas com a futilidade, Gabriela transmitia uma vontade genuína de ajudar as pessoas.

Ele iria pensar em um jeito de falar com ela. Quem sabe, um estágio no exterior não seria bom? Com seus contatos na área médica, isso seria bastante fácil.

Deixou esse pensamento arquivado no seu fichário mental. No momento adequado, voltaria a pensar no assunto.

Quando desceu para tomar o café da manhã, na varanda, encontrou Taddeo lendo jornal.

Ele comentou com o amigo que estava admirado por ter dormido tão bem, ainda mais tendo descansado à tarde. Perguntou por Cecília e Taddeo disse que ela estava meditando.

— Aos sábados e domingos recebemos a visita de una amica local que dirige um centro de terapias indianas: massagens, shiatsu, essas coisas.

— Não entendo nada do assunto, mas a meditação não deve ser feita de manhã cedo? – perguntou Aníbal.

— Isso seria dificile para a Cecília. Ela não é de acordar cedo. Fica lendo até tarde toda notte.

— Mudando de assunto, você ainda tem negócios com aqueles francesi? – perguntou Taddeo.

— Você está falando do pessoal da metalurgia?

Taddeo fez que sim com a cabeça.

— Tenho. Por quê?

— Con la derrota do Sarkozy, o Hollande vai querer reformar a previdenza e isso não vai sair barato.

— E você acha que isso vai acabar afetando o comércio exterior?

— Não sei. É bom ficar atento – disse Taddeo.

Nesse momento, a atenção de Aníbal se voltou para as mulheres que se aproximavam, vindo de um dos anexos da fazenda.

Aníbal logo reconheceu Cecília, e passou a concentrar a atenção na mulher que a acompanhava.

Vestia calça e túnica brancas, tinha os cabelos grisalhos cortados bem curtos e, antes que pudesse analisar qualquer traço de suas feições, notou alguma coisa de familiar no jeito de andar.

A cadência daqueles passos trouxe à sua mente uma lembrança que o passado não conseguiu mais ocultar, quando a proximidade lhe permitiu reconhecer os olhos amendoados e o mesmo sorriso que conhecera havia muitos anos.

—Tudo bem, Cristina? Ainda lembra de mim? – disse Aníbal ao se levantar.

Cristina se surpreendeu ao reconhecê-lo, tentou disfarçar, mas não conseguiu. Olhando para Aníbal como se tivesse levado um susto, disse:

—Tudo bem? Há quanto tempo!

Aníbal não sabia o que dizer. Não era muito bom em se expressar com palavras e, naquele momento então, as palavras certas lhe pareciam mais distantes do que nunca.

Taddeo e Cecília tambem ficaram surpresos com aquela cena. Não imaginavam que os dois já se conheciam.

Percebendo a expressão do amigo, Aníbal disse:

—Você não sabia que sou de Paraíba do Sul?

— Se você me disse, confesso que non me ricordava.

Os quatros se sentaram para tomar um café.

Taddeo comentou que, de vez em quando, ia ao spa de Cristina para fazer uma massagem.

— Você gosta de massagem? – perguntou Taddeo a Aníbal.

— Gosto muito. É uma das coisas que faço para tentar relaxar.

— Tem uma massagem que a Cristina faz junto com a assistente dela que é incredibile. Como é mesmo o nome? Eu nunca me ricordo! — Taddeo olhou para Cristina.

— Abyhanga. É uma massagem a quatro mãos que o nosso amigo aqui adora. Exige um certo treino, porque é preciso que duas terapeutas trabalhem em perfeita sincronia.

Cristina notou que Aníbal ainda olhava para ela demonstrando grande surpresa.

— Precisamos conversar. Quero saber de você, da sua vida.

Cristina trocou com Cecília um olhar que transmitia certa apreensão pelo que acabara de ouvir.

— Que tal jantarmos aqui oggi? Vamos festejar o reencontro de velhos amici — propôs Taddeo.

Aníbal não tirava os olhos de Cristina. Ela evitava o olhar dele.

Cristina disse que tinha que sair naquele momento, e Aníbal a acompanhou até o carro.

Quando ela abriu a porta, ele não se conteve, segurou-a pelo braço e disse, olhando-a fixamente:

— Você não imagina o quanto esse encontro mexeu comigo. Trouxe recordações de um Aníbal que não existe mais, que só você conheceu.

Ela continuava tentando demonstrar que não reconhecia nele o homem por quem fora apaixonada, aquele a quem se entregou pela primeira vez.

— Não imaginei que a gente acabaria se encontrando de novo.

— Mas isso é assim tão terrível?

— Não. Mas preciso me acostumar com a ideia.

— Mas podemos conversar, não podemos?

— Vamos nos ver hoje à noite — Cristina dava a impressão de querer encerrar aquele encontro.

Aníbal acompanhou-a até o carro dela.

Despediram-se com um breve aperto de mãos.

Aníbal ficou vendo o carro se afastar até sumir na curva, oculto pelo verde das árvores.

Antes de voltar à presença de Taddeo e Cecília, sentou-se por alguns minutos em um banco de madeira e tentou se lembrar daquele Aníbal que namorava Cristina na quietude do campo, que acariciava o corpo dela tendo apenas o luar como testemunha. Não conseguiu. Fazia tempo, perdera qualquer contato com o jovem que um dia existiu dentro dele.

* * *

A manhã seguinte foi dedicada a percorrer a fazenda e conversar sobre a construção da pousada.

Durante o almoço, Taddeo disse a Aníbal que a fase que estava vivendo marcava o começo da sua aposentadoria.

— Pretendo me retirar dos negócios. Tenho o suficiente para viver confortavelmente pelo resto da vita. Além disso, sinto que a minha relação com Cecília é per sempre. Não me pergunte como, mas tenho certeza. Sinto-me feliz aqui.

Aníbal o olhava fixamente.

Taddeo continuou.

— A verdade é que não somos eternos, mio amico. E eu estou, realmente, decidido a levar avanti esse projeto.

— Pode contar comigo. – disse Aníbal.

— Não quer pensar um pouco mais antes de dar a sua resposta? Não precisa se precipitare.

— Sabe, Taddeo, não sei se são os ares da fazenda, mas estou ficando um pouco cansado de pensar muito antes de decidir. Já resolvi.

Taddeo gostou de ver aquele arroubo de impulsividade de Aníbal, normalmente tão contido, sempre procurando analisar todos os ângulos de uma determinada situação antes de tomar qualquer decisão e logo se animou para selar aquele acordo com um brinde.

— Vamos brindar essa società logo mais. E, para o jantar, já escolhi um vino que você vai adorar – disse Taddeo.

— Você sabe se a Cristina também gosta de vinho?

— Nas vezes em que jantou aqui, ela nos acompanhou direitinho. A pessoa que curte um bom vino logo ganha alguns pontos comigo. E você sabe molto bene que não se faz amici em uma leiteria – disse Taddeo pousando o braço no ombro do amigo, de um modo bastante italiano.

Aníbal sorriu.

A ideia de perguntar a Aníbal como ele e Cristina se conheceram, ainda jovens, cruzou a mente de Taddeo. Mas ele se absteve de fazê-lo. Não gostava de se meter na vida alheia, mesmo se tratando de um amigo. Tinha planos demais naquele momento e preferia a companhia deles.

Aníbal pensou em descansar um pouco depois do almoço, mas não conseguiu. Pegou um livro chamado *Ah, Se Eu Soubesse...* na biblioteca no quarto de hóspedes e começou a folheá-lo. O autor do livro é um executivo americano chamado Richard Edler, que dirigiu algumas das maiores agências de propaganda em Los Angeles.

Ele teve a ideia de fazer a quase cem pessoas bem-sucedidas em diversas áreas profissionais a mesma pergunta: "O que você sabe agora que gostaria de que alguém tivesse lhe ensinado vinte e cinco anos atrás?"

Logo no início, há um depoimento de um professor de comércio internacional na Universidade da Carolina do Norte, chamado Gerald Bell, que diz o seguinte:

"Você é cem por cento responsável pela sua própria felicidade. Os outros não são responsáveis por ela. Se você não está feliz, só você pode mudar alguma coisa. Este conserto não depende de mais ninguém."

Na página seguinte, havia um depoimento de uma escritora chamada Marjorie Blanchard:

"Tenha, sempre, alguma meta em vista. Uma meta é apenas um sonho com um *deadline*".

Aníbal pousou o livro no colo.

Àquela altura da vida, não se sentia feliz e nem tinha algum sonho com deadline.

Os últimos anos de sua vida tinham se resumido a aumentar o império financeiro que ele conquistara.

Seu patrimônio já ultrapassara duzentos milhões de reais.

Pensando no menino pobre que nascera no interior, sua trajetória foi vitoriosa.

Por outro lado, pensando no que faria com os anos que ainda tinha pela frente, não lhe ocorria a menor ideia.

Acabaria deixando a maior parte do dinheiro para Ricardo, seu único filho, que o odiava, a ponto de pensar em mandar matá-lo.

Será mesmo que ele teria coragem?

Nesse momento, sentiu uma ponta de inveja de Taddeo. Devia ser realmente bom não ter filhos.

Resolveu pegar o carro e dar uma volta pela cidade.

Não demorou até que reconheceu a velha praça, onde ia tomar sorvete aos domingos.

Não chegou a procurar a rua onde morava ou o colégio onde estudara, porque já não lembrava o nome de ambos. Além disso, a cidade crescera e mudara muito.

Caminhou um pouco pelas ruas do centro, parou para tomar um café e comeu um doce de leite, parecido com aqueles que a mãe dele cortava sobre a pia da cozinha e decidiu voltar para a fazenda.

No caminho, viu uma placa que dizia: *Sidarta – Centro de Bem Estar para o Corpo e a Mente.*

Imaginou que deveria ser o spa do qual Taddeo lhe falara, que era dirigido por Cristina.

Resolveu ir até lá.

O portão estava aberto.

A pequena estrada de terra que levava à propriedade era limitada por duas fileiras de árvores e, antes de chegar à construção principal, passava-se por um lago, com dois casais de cisnes.

Foi recebido por Janete, uma moça morena, simpática e perguntou se podia falar com Cristina.

A moça respondeu que ela tinha ido fazer umas compras, mas logo estaria de volta.

Ele disse que preferia esperá-la, e Janete disse que ficasse à vontade.

Ele saiu pela mesma porta que tinha entrado e andou para a direita. Notou que a casa era dividida em suítes com pequenas varandas. No lado em que se encontrava, havia cinco, todas com as janelas fechadas.

Imaginou que deveria haver o mesmo número no lado oposto e resolveu conferir.

Todas as janelas das suítes daquele lado também estavam fechadas, exceto a primeira, onde havia um vaso de flores.

Instintivamente, aproximou-se da janela aberta e, quando estava quase conseguindo ver algum detalhe do interior da suíte, ouviu chamarem seu nome. Era Cristina.

Mais transtornada que surpresa, ela disse:

— Puxa, eu jamais poderia pensar que você ia aparecer aqui sem me avisar.

— Me desculpe. Eu vi a placa indicando o Centro e resolvi fazer uma visita.

—Tudo bem. Vamos entrar para tomar alguma coisa — disse Cristina, bastante travada.

Foram até a sala de estar, que tinha uma decoração rústica, e Cristina pediu a Janete que trouxesse um café para Aníbal e um chá para ela.

— Sou viciado em café — disse ele, meio sem graça.

Cristina permaneceu calada.

Tentando puxar conversa, Aníbal comentou que estava contente pelo fato de jantarem juntos na casa de Taddeo, mas disse que estava ansioso para conversar com ela a sós, depois de tanto tempo.

Cristina disse que isso talvez não fosse uma boa ideia, já que vidas deles tinham tomado rumos muito diferentes, e o passado já estava muito distante.

Ele percebeu que Cristina não estava nada à vontade. Sentiu que aquela visita inesperada a tinha desestabilizado de um modo bem nítido. Mudando de assunto, perguntou o que havia nos fundos da casa.

Ela disse que havia um pequeno jardim e Aníbal pediu para visitá-lo.

Sentiu vontade de recusar o pedido dele, mas resignou-se a acompanhá-lo. Chegando ao meio do jardim, Aníbal deparou com uma fonte. Só então se deu conta que Cristina ainda usava a mesma túnica branca com que a tinha encontrado pela manhã.

Aproximou-se da fonte, de onde a água escorria por entre as mãos de uma escultura de Vênus, e leu a inscrição gravada ao pé da deusa: *A Vida é uma ponte. Não construa sua casa sobre ela.*

Nesse momento, lembrou-se que tinha sonhado que estava conversando com uma pessoa naquele lugar no dia anterior, e comentou o fato com Cristina.

— E você sabia que era eu no sonho?

— Não. Mas me lembro perfeitamente da túnica que você está usando.

Cristina desconversou. Disse que tinha providências urgentes a tomar, para que pudesse chegar à casa de Taddeo na hora marcada para o jantar, e que falariam disso em outro momento.

Respeitando o desconforto dela, Aníbal não insistiu.

Ao se despedir, fez menção de beijá-la no rosto, mas ela se limitou a estender-lhe a mão.

* * *

Quando Aníbal chegou à varanda, para o drinque habitual antes do jantar, encontrou Cecília preparando uma margherita.

Perguntou se queria acompanhá-la, mas ele recusou, dizendo que evitava bebidas de maior teor alcoólico.

Cecília lhe serviu uma taça de champanhe e sentou-se em frente a ele, dizendo que Taddeo logo chegaria.

Ele comentou com ela a visita inesperada que tinha feito à Cristina à tarde. Disse que ela pareceu não ter gostado.

— Pelo que entendi, vocês se conheceram ainda jovens e há muito tempo não se viam. É isso? — peguntou Cecília.

Aníbal concordou.

— E você nunca soube mais nada da vida dela?

Ele balançou a cabeça em sinal negativo.

— Conheci a Cristina há uns dois anos e parece que sempre fomos amigas. Acho que a gente já se encontrou em outras vidas. Mas você não acredita nesses reencontros cármicos, não é mesmo?

— Para dizer a verdade, não acredito em nada.

— Mas você aceita a ideia de um poder superior, de um desígnio que esteja acima da condição humana?

— Nunca penso nisso. Não quero parecer rude, mas esse assunto não tem o menor interesse para mim.

— A Cristina também é muito voltada para o lado espiritual. Acho que foi isso que nos aproximou. E, nesse pouco tempo de convívio, desenvolvi por ela uma grande admiração.

Cecília colocou a taça na mesinha de centro, passou a mão pelos cabelos e continuou:

— O Taddeo lhe disse alguma coisa sobre ela?

— Nada.

— Sempre admirei a discrição desse italiano sedutor.

Cecília media as palavras.

— A Cristina tem um filho que está em coma há alguns anos. E ela cuida dele com o maior carinho. Além de se ocupar pessoalmente de tudo o que diz respeito à parte médica, ela o inclui na vida dela como se ele vivesse uma vida normal. Nunca vi uma dedicação assim.

Aníbal quis saber a idade do rapaz e Cecília disse que devia estar perto dos 30 anos.

— Puxa, como é jovem!

— Então, ela chegou a se casar? – perguntou Aníbal.

— Pelo que sei, nunca se casou.

— Eu a conheci ainda muito jovem . Ela era linda.
— Mas ela ainda é uma mulher muito interessante. Eu achava que devia pintar os cabelos, para ficar mais jovem. Mas, depois de algum tempo, cheguei à conclusão que faz um tipo com aqueles cabelos grisalhos cortados curtos — disse Cecília.
— Eu sempre gostei dos olhos dela.
— Concordo. Mas ainda admiro mais a expressão do seu olhar. Me faz lembrar uma poesia do grande poeta Ghiaroni, que também era aqui de Paraíba do Sul, "A Máquina de Escrever." Há um trecho que diz:

O Paraíso requer apenas a expressão do olhar.
Já não precisarei do meu sorriso,
para um outro sorriso me enganar...

Taddeo chegou nesse momento e a beijou nos lábios.

Aníbal notou que havia afeto na relação deles, algo que não existia entre ele e Isabel. Por mais que ela estivesse sempre receptiva às suas investidas, não era do seu feitio qualquer manifestação gratuita de carinho.

— Estávamos falando da Cristina. Eu contei ao Aníbal sobre o filho dela.

— É una storia impressionante. Pelo que sei, não há a menor speranza de cura e ela parece não se importar nem um poco com isso.

Aníbal pensou em perguntar a Cecília o nome do rapaz, mas absteve-se de fazê-lo quando percebeu que Cristina acabara de chegar.

Usando um vestido preto, que atestava boa forma física, e um colar que destacava o rosto, Cristina exibia uma aparência muito diferente da habitual. A maquiagem realçava os malares proeminentes e os olhos amendoados.

— Nunca imaginei te ver com um pretinho básico. Quem diria! — exclamou Cecília.

Cristina disse, quase em tom de desabafo, que há muito tempo não se arrumava para ir a algum lugar.

— Então, devemos toda essa preparação à presença do nosso amigo? — perguntou Taddeo, referindo-se a Aníbal.

— Tudo acontece por uma razão. Estarmos aqui reunidos faz desse momento uma ocasião especial — disse Cristina, aparentando uma tranquilidade que mostrava que o mal-estar causado pela visita de Aníbal já desaparecera.

Durante o jantar, não se tocou na vida pessoal de ninguém. Taddeo falou dos planos para a construção da pousada, Aníbal fez uma análise do momento econômico e político atual que vive o Brasil, e as mulheres falaram sobre costumes e religiões orientais. Cecília já tinha ido à Ásia várias vezes, e Cristina ficava encantada em ouvir as experiências que ela contava.

Tomaram o café na varanda, desfrutando da quietude da noite e da temperatura amena e agradável.

Taddeo tinha feito uma reserva para almoçarem no dia seguinte em um restaurante muito charmoso, que funcionava na casa de um francês que tinha uma pequena propriedade ali perto.

Convidou Cristina, mas ela recusou.

Não insistiu, porque sabia que o motivo da recusa poderia estar relacionado ao filho doente.

Aníbal combinou com ela que lhe faria uma visita no final da tarde, para que pudessem conversar com mais tranquilidade.

Acompanhou-a até o carro, abriu a porta para ela e lhe deu dois beijos no rosto, que ela quase retribuiu.

Demonstrando serenidade, ao dar a partida no carro, olhou fixamente para Aníbal e disse:

— Amanhã poderemos falar das nossas vidas, se você quiser.

Aníbal teve vontade de dizer que já sabia do filho doente, mas achou que não era hora de tocar naquele assunto.

Cristina percebeu isso no olhar dele e lembrou-se de um ensinamento que carregava consigo há muito tempo: *Às vezes, achamos que estamos quites com o passado, mas o passado não está quite conosco.*

Sabia que aquele encontro com Aníbal era um sinal de que a vida iria lhe cobrar uma dívida e ela tinha que estar pronta para pagá-la.

Mais uma vez, Aníbal acompanhou o carro até que ele desaparecesse do alcance de sua visão, dessa vez se confundindo com a escuridão da noite.

* * *

Claude Saubion fazia questão de receber a todos pessoalmente.

Ao chegar, os clientes recebiam uma taça de espumante e provavam uma de suas especialidades, um *amuse-bouche* feito com *foie-gras*, azeite de trufas brancas e vinho do porto.

Foi o que aconteceu com Cecília, Taddeo e Aníbal, antes de passarem a uma das oito mesas impecavelmente preparadas pela equipe do restaurante, que consistia de um maître e três garçons, todos treinados por Claude e Luiza, uma brasileira com quem ele estava casado há oito anos.

Na cozinha, o casal contava com três cozinheiros e, nos últimos tempos, com alguns estagiários que vinham aprender com o mestre.

Nascido na Borgonha, Claude ainda mantinha um restaurante em Vézelay, a duzentos quilômetros de Paris.

Quando estava no Brasil, o que vinha acontecendo com bastante frequência, seu irmão caçula segurava o leme do *Le Domaine de la Solitude*, que já pertencia à sua família há algumas gerações.

O francês, que acabara de completar cinquenta e oito anos, era um homem alto e corpulento. Podia-se notar que, por baixo daqueles vinte e poucos quilos de sobre-peso, havia uma estrutura muscular forte.

O ritual também incluía um bate-papo antes que a sobremesa fosse servida, que podia se estender por um bom tempo, dependendo do desdobramento da conversa e do clima que a envolvesse.

Foi exatamente o que aconteceu quando Claude sentou-se à mesa de Aníbal.

Taddeo, um verdadeiro gourmet, tinha ficado realmente impressionado com o tira-gosto que lhe fora servido antes do almoço. Em formato de um cubo, bastava colocá-lo na boca e ele praticamente explodia, liberando um sabor espetacular, em que se percebia o *foie-gras* mais intensamente, mas também as trufas brancas e o vinho do porto na medida certa.

Bastou que Taddeo o elogiasse, para que o francês desandasse a falar da iguaria criada por ele, com o sotaque mais carregado que alguém possa ter.

Aproveitando uma brecha no discurso o francês, Cecília perguntou se o tal cubo tinha algum nome.

— Em Vezelay chamam de *explosion de bonheur* — respondeu o chef.

— É isso mesmo. Quando sentimos o cubo explodir no céu da boca, tendo dado um gole no espumante, a sensação é de pura felicidade — disse ela.

Taddeo e Aníbal concordaram.

Falando sobre o projeto da pousada, Taddeo comentou com Claude que a grande atração seria um restaurante gastronômico.

O francês disse que um pouco de concorrência lhe faria bem.

Taddeo respondeu que, nem mesmo em sonho, seu restaurante poderia competir com o dele.

Além disso, seria dedicado quase exclusivamente à culinária do sul da Itália, que era a sua predileta.

— Como vocês podem ver, não haverá nenhuma espécie de interferência no trabalho do nosso chef — Cecília piscou um olho para Taddeo.

Para quem gosta de verdade da gastronomia, assim como da vida, é muito difícil, ou mesmo impossível, deixar a paixão de lado — disse Claude.

— C'est vrai! — disse Taddeo, erguendo sua taça.

Vendo Claude segurar a taça, Aníbal reparou no seu pulso avantajado e perguntou se ele já tinha sido atleta.

Pego de surpresa pela pergunta, Claude sorriu, pousou sua taça e disse que, há muitos anos, tinha sido campeão francês de judô na categoria meio-pesado.

Taddeo, que já conhecia o poder de observação de Aníbal de longa data e acreditava que isso fosse um dos fatores preponderantes para o seu sucesso no mundo dos negócios, perguntou a Claude como era possível conciliar o esporte com a gastronomia.

Claude explicou que, sendo o filho mais velho, foi logo escolhido pelo pai para sucedê-lo à frente do restaurante. Sua primeira reação foi de revolta contra essa decisão e, aos dezenove anos de idade, iniciou os estudos de engenharia; já na faculdade, começou a se destacar no judô.

O pai chegou a ficar algum tempo sem falar com ele, mas, no fim das contas, acabou aceitando sua decisão.

Entretanto, com o passar do tempo, a vocação familiar falou mais alto e ele compreendeu que seria seguindo os passos do pai que se encontraria com seu destino.

— Mas ainda gosto de ver uma boa luta, principalmente quando se confrontam estilos diferentes — disse Claude.

Aníbal concordou. Como bom estrategista, gostava de ver um lutador inferiorizado fisicamente vencer um oponente mais forte. Para ele, a estratégia era tudo, ou quase tudo.

E um bom estrategista tinha que ter boa cabeça, manter a calma, e poupar as energias para o momento certo. Era assim que pensava. Era assim que agia.

* * *

Quando chegou à casa de Cristina, ela o aguardava na varanda. Tinha a fisionomia tranquila, descansada. Somente os olhos, vivos, insinuantes, escapavam àquela aura de serenidade.

Cristina ofereceu-lhe um chá, mas ele recusou.

Sentia-se, ainda, refém dos sabores da comida e do vinho que experimentara durante o almoço.

— E então, Aníbal, o que fez com a sua vida? — disparou ela, sem perder tempo.

Enquanto ele se ajeitava melhor na cadeira, cruzando a perna esquerda, ela continuou:

— É claro que eu sei que estou diante de um empresário muito bem sucedido, de uma personalidade do mundo dos negócios, do dono de um grande conglomerado financeiro. Mas esse Aníbal eu só conheço das páginas dos jornais. O Aníbal a quem fiz essa pergunta era aquele que nadava comigo, que me levava ao cinema com o dinheiro que ganhava entregando jornais nos fins de semana.

Aníbal coçou a testa e, quase em tom de desabafo, respondeu:

— Como eu te disse ontem, esse Aníbal que você conheceu não existe mais. Talvez você possa me trazer alguma lembrança dele.

Cristina reconheceu o jeito compenetrado de afirmar alguma coisa balançando a cabeça para frente e apertando os lábios.

— Você se lembra quando nos vimos pela última vez, há mais de trinta anos?

— Eu vim aqui a negócios e a gente acabou se encontrando. Se não me engano, você estava se preparando para ir aos Estados Unidos. Acho que você tinha conseguido uma bolsa de estudos e tinha planos de ficar algum tempo por lá. Estou certo?

— Mais ou menos. Acabei não voltando. Nosso encontro fez com que eu mudasse os meus planos.

Aníbal arregalou os olhos e sentiu um aperto no peito.

— Não vai me dizer...

— Isso mesmo. Fiquei grávida. Antônio nasceu no dia 28 de dezembro de 1982. É capricorniano como você.

Aníbal continuava mudo e a dificuldade em dizer alguma coisa parecia oprimi-lo ainda mais.

— Mas você nunca me contou...Por quê?

— Não havia razão. Você estava casado, já tinha um filho. Além disso, já havia começado sua coleção de sucessos. Eu não poderia te cobrar nada ou fazer nada que pudesse deter a sua trajetória.

Sucessos?! Que ironia! Você não imagina o que eu fiz com a minha vida. .

Cristina já havia se resignado com a decisão de jamais contar a Aníbal sobre o filho. Mas essa decisão repousava sobre a certeza de que seus caminhos jamais voltariam a se cruzar. Aquele encontro fez com que mudasse de ideia, movida por um impulso de ser fiel aos fatos, de se colocar como uma coadjuvante do que realmente acontecera e, de certa maneira, de se redimir junto a seu filho, a quem ela dissera que o pai tinha morrido.

— Já sei que o Antônio está em coma. Me fale dele.

— Cristina gostou de ouvir o pai do seu filho chamá-lo pelo nome.

— Antônio teve um câncer no cérebro muito raro, mas teve uma vida normal: estudou, praticou esportes, namorou, enfim, viveu a vida dos felizes. Mas a doença progrediu e ele acabou tendo que ser operado, sabendo que o risco era grande.

Vendo Cristina falar do filho, Aníbal notou que não havia nenhuma amargura na voz dela. Pelo contrário, os olhos se iluminaram ao falar dele.

Cristina se calou e rapidamente sua mente voltou a 2005, quando Antônio estava com vinte e dois anos, cursando o último ano da Faculdade de Direito.

A doença tinha progredido, e ele perguntou se ela estava preparada para a eventualidade de perdê-lo.

Ela respondeu que nenhuma mãe pode estar preparada para perder um filho e tinha fé que isso jamais lhe aconteceria.

Ele sabia que, mesmo saindo vivo da cirurgia, havia o risco de ficar em coma e confessou a ela que tinha verdadeiro pavor que isso acontecesse.

Cristina disse que jamais o deixaria.

Naquele instante, voltou a ouvir a voz do filho:

— *Você promete?*

— *Prometo, meu filho. E você sabe que a sua mãe cumpre o que promete.*

Antônio sorriu.

Aquela foi uma das últimas vezes que se lembrava de vê-lo sorrir. E, desde então, a lembrança desse sorriso passou a ser uma companhia constante de Cristina.

A voz de Aníbal trouxe-a de volta ao presente.

— Então, essa situação já dura sete anos!

Cristina assentiu.

— Ele tem feito progressos. No início, estava completamente catatônico e tinha que permanecer com os olhos fechados o tempo todo. De um ano para cá, há dias em que parece reconhecer vozes, sorri, abre os olhos e parece reagir a alguns estímulos. A minha fé na recuperação total dele continua firme, mas sei que essa situação ainda pode durar meses, anos, a vida inteira.

— Uma vez, não me lembro quando, li sobre um americano que sofreu um acidente de automóvel e se recuperou depois de ficar dezenove anos em coma.

— Deve ter sido o Terry Wallis. Conheço a história. Na verdade, conheço várias histórias como essa.

Os dois permaneceram em silêncio por alguns minutos, quando Aníbal perguntou:

— Posso vê-lo?

— Hoje, não. Por que você não volta amanhã pela manhã?

— Você tem medo que eu não esteja preparado?

— Pelo contrário. Acho que eu é que tenho que me preparar — disse Cristina.

Aníbal fez que sim com a cabeça.

— Sabe aquele sinal de nascença que você tem no braço esquerdo, que parece um triângulo?

— Sei.

— O Antônio tem um igual, só que no braço direito.

Dizendo isso, Cristina levantou-se e disse que preferia encerrar a conversa naquele instante.

Pediu a Aníbal que refletisse sobre o que tinha acabado de ouvir e que se sentisse à vontade para não deixar que aquilo trouxesse qualquer impacto maior à vida dele.

Ele pensou em argumentar, em dizer que queria falar da sua vida pessoal, que estava longe de ser uma maravilha, mas achou melhor ir embora. Precisava absorver (mais) aquele golpe.

Dessa vez, foi ela que ficou vendo o carro dele se afastar, perguntando-se se agira bem contando a verdade a Aníbal. Naquele momento, não tinha a menor certeza disso.

***

Aníbal encontrou Cecília e Taddeo vendo um vídeo.

Taddeo parou o filme e a imagem congelada mostrava um casal saindo do Coliseu, em Roma.

Aquela visão distraiu por um instante a atenção dele, que sempre teve vontade de ir à Itália, especialmente à Cidade Eterna, mas nunca concretizou esse desejo.

Suas viagens sempre foram de negócios, sempre estiveram subordinadas a interesses financeiros.

Olhando para o telão com uma expressão desolada, pensou:

Ah, como seria bom estar bem longe daqui!

Taddeo o convidou para assistir ao filme com eles, dizendo que ainda estava no início, mas Aníbal recusou o convite.

Certificou-se que no banheiro do seu quarto tinha algum remédio para dor de cabeça, deu boa-noite e tratou de se recolher o mais rápido possível.

O casal notou que havia algo de estranho em seu olhar.

Cecília, mesmo sem conhecê-lo bem, achou-o transtornado. Sugeriu a Taddeo que fosse ver se ele estava bem, mas ele achou melhor deixá-lo quieto.

Um dos ensinamentos que havia recebido de Aníbal era o de esperar para agir. Ele sempre dizia que o que importa é a firmeza dos passos e não a rapidez com que são dados. Na manhã seguinte conversaria com ele.

Chegando ao seu quarto, Aníbal telefonou para Glauco e disse-lhe que não voltaria ao Rio no dia seguinte, conforme tinha previsto.

Seu mais antigo e próximo colaborador lembrou que eles tinham marcado um almoço com o prefeito de um balneário do norte do estado, peça chave para a aprovação do tal projeto de casas de veraneio que iria render muito dinheiro para o Grupo Cavalcanti.

A orientação de Aníbal foi que mandasse Fábio no seu lugar. Ele estava inteiramente a par do assunto e poderia substituí-lo à altura. Também pediu a Glauco que ligasse para Isabel e dissesse a ela que algum imprevisto tinha surgido e ele teria, ainda, que ficar mais um ou dois dias em Paraíba do Sul.

Não estava com cabeça para ficar inventando desculpas naquele momento. Além disso, Glauco tinha bastante experiência em fazer isso por ele. Não foram poucas as vezes em que Aníbal confiou a ele esse tipo de tarefa. E, considerando o jeito contido do seu diretor geral, até que ele tinha uma boa imaginação.

Assim que desligou o celular, Aníbal tratou de tomar logo um comprimido para a dor de cabeça, que já se aproximava e ameaçava apoderar-se totalmente dos seus pensamentos, sentou-se à beira da cama segurando a cabeça com as mãos e, só então, acusou o golpe desferido pela revelação de Cristina.

Mas, então, o tal filho em coma era dele! Mas o que era aquilo? Mais uma brincadeira de mau gosto que a vida lhe aprontava? Já não bastava ter um filho como Ricardo? Definitivamente, o negócio dele não era ser pai...

A rapidez com que os pensamentos vinham à sua mente o deixava cada vez mais atordoado.

Enquanto se preparava para dormir, decidiu tomar, também, um sonífero.

Se, em condições normais, já tinha dificuldade para pegar no sono, imagine, então, naquele momento.

Passar a noite em claro não vai me ajudar em nada — pensou.

Precisava ter um mínimo de serenidade quando acordasse na manhã seguinte, para decidir de que maneira iria agir naquela situação.

Mas seu diálogo interno só fazia aumentar.

Talvez a primeira coisa a fazer fosse um teste de paternidade. Se aquele rapaz, de quem nem mesmo se lembrava o nome agora, fosse mesmo seu filho biológico, isso traria consequências no que diz respeito ao seu patrimônio.

Até aquele momento, Aníbal nunca havia considerado, de maneira concreta, a possibilidade da morte, tanto assim que nem se dera ao trabalho de fazer um testamento, algo que Glauco já havia recomendado várias vezes.

Sentindo que era totalmente incapaz de dominar os pensamentos, fechou os olhos e aguardou que o medicamento fizesse efeito.

Acabou adormecendo.

* * *

Já passava das nove quando Aníbal acordou e, assim que se deu conta das obrigações que o aguardavam, teve vontade de ficar mais tempo na cama.

Lembrou-se que tinha lido, em um desses suplementos do jornal de domingo, uma entrevista com um médico indiano que falava de um tratamento para rejuvenescer baseado na velha medicina indiana, o aiurveda.

Achou engraçado quando ele disse que, assim que despertamos pela manhã, durante uma fração de segundo, somos nós mesmos. Infelizmente, esse instante dura muito pouco e logo mergulhamos em uma sucessão de pensamentos que nos trazem de volta à realidade que nos cerca e que, tantas vezes, nos oprime. Segundo ele, através da meditação, é possível alongar um pouco mais esse breve encontro consigo mesmo, antes que sejamos novamente envolvidos pelo turbilhão da mente.

Esse negócio de meditação é curioso. Como é que uma pessoa pode, simplesmente, parar de pensar?

Era nisso que pensava quando o celular tocou.

Glauco disse que Fábio já estava finalizando o dossiê que levaria para o almoço com o prefeito e que estava muito contente por ter tido aquela oportunidade, que ele encarava como uma prova evidente da confiança que Aníbal tinha nele.

— Seu filho é muito bem preparado e vem fazendo um excelente trabalho. Está na hora de começar a assumir mais responsabilidades.

— Ele aprendeu muito com você — Glauco deixou escapar uma ponta do orgulho que sentia por Fábio.

Aníbal pediu que Glauco telefonasse para ele, quando a reunião tivesse terminado e que não deixasse ninguém do escritório incomodá-lo com bobagens. Tinha algo importante a resolver e não queria ser perturbado.

Glauco perguntou se ele estava precisando de ajuda e ele disse que sim, mas não naquele momento.

— O que tenho que fazer hoje ninguém pode fazer por mim — disse Aníbal, com uma voz que deixava transparecer tristeza, mas também resignação.

Quando desligou o telefone, Glauco ficou pensando no que poderia ter acontecido para reter Aníbal mais tempo em Paraíba do Sul.

Nesse momento, Fábio entrou na sala para lhe dar um abraço, antes de ir para a reunião.

Glauco desejou-lhe boa sorte e sentiu que o filho estava um pouco nervoso, o que era normal. Se aquela operação fosse bem sucedida, uma nova etapa se abriria para ele. Embora Aníbal não tocasse no assunto, já estava na hora de começar a preparar seu sucessor.

Acompanhou o filho até o elevador e, ao voltar para a sala, pensou que Ricardo não iria gostar nada daquela novidade.

Mesmo sabendo que Aníbal não tinha a menor confiança nele e que jamais o incluiria em qualquer projeto relacionado com o Grupo Cavalcanti, tinha certeza que faria tudo o que pudesse para impedir que Fábio crescesse aos olhos do pai.

Vai ser uma briga dura — pensou, levando em conta que Ricardo era capaz de desferir qualquer golpe baixo para barrar a ascensão de Fábio.

Mas, no fundo, confiava no próprio filho e achava que ele tinha estrela. Afinal, não é qualquer um que tem a sorte de se curar de uma leucemia.

Fábio ainda iria muito longe e ele esperava ter a sorte de acompanhá-lo nessa trajetória de sucesso, pelo tempo que fosse possível.

* * *

Aníbal tomou o café da manhã sozinho.
Cecília e Taddeo tinham saído para dar uma caminhada.
Deu uma olhada nas manchetes do jornal e não viu nada que chamasse a atenção.
Nem pensou em abrir o caderno de economia, o que fazia habitualmente.
A existência daquele filho começava a mexer com ele.
Raimundo notou que ele estava completamente aéreo naquela manhã.

Quando chegou à casa de Cristina, ela o aguardava no jardim.
Convidou-o a sentar-se um momento, o que ele aceitou visivelmente contrariado.
Perguntou se queria tomar um chá, mas ele recusou.
— Esqueci que você é viciado em café. Quer um?
Aníbal fez que não com a cabeça, passou a mão pelos cabelos e distraiu-se com o brilho do sol refletido na água da fonte.
Quando voltou a olhar para Cristina, hesitou por um momento antes de lhe falar sobre as implicações práticas do que

ela havia lhe contado. Queria deixar bem claro que, dependendo do que ela tivesse em mente, teria que chamar imediatamente um advogado, sabendo que o primeiro passo a ser dado seria providenciar um exame de paternidade.

Notando o desconforto dele diante daquela situação, Cristina disse-lhe com a maior franqueza:

— Não sei se fiz bem de ter lhe contado sobre o Antônio, mas segui um impulso. Se houver um modo de eu poder ajudá-lo a lidar melhor com esse fato, estou pronta para fazer o que for necessário. Só não posso fingir que nada aconteceu. Não dizem que as verdades têm datas para serem reveladas?

Aníbal se limitou a olhar para ela.

Antes que Aníbal pudesse esboçar alguma reação, Cristina levantou-se da cadeira e estendeu-lhe a mão.

Ele tentou dizer alguma coisa, mas ela colocou o dedo sobre seus lábios.

Sentindo que não havia alternativa, resignou-se a acompanhá-la.

Atravessaram a sala de estar, a sala de jantar, entraram na ala esquerda da casa e chegaram ao quarto de Antônio, generosamente iluminado pelo sol da manhã.

Aproximou-se do filho, passou a mão nos cabelos dele, deu um beijo demorado em seu rosto e disse-lhe que tinha visita.

— Deixa eu te apresentar o Aníbal, meu amigo de infância, que eu nem imaginava reencontrar.

Em seguida, fez um sinal para que Aníbal se aproximasse.

Vencendo uma certa resistência inicial, Aníbal aproximou-se de Antônio, que parecia dormir calmamente.

Vendo que Aníbal permanecia calado, Cristina pediu que dissesse alguma coisa ao filho.

Ainda desconcertado com aquela situação, Aníbal arriscou um "Tudo bem, Antônio?"

Em seguida, perguntou a Cristina:

— Posso ver o sinal?

Cristina mostrou, na parte interna do braço direito do filho, a marca triangular.

— Puxa!

— Não tem nada demais. Afinal, você é o pai dele.

Embora surpresa com o que estava acontecendo, Cristina começava a gostar daquele encontro. Jamais imaginara que Aníbal iria conhecer o filho, ainda mais naquela circunstância.

Aproximou-se de Antônio e começou a conversar com ele. Falou do que tinha acontecido no dia anterior, que o Flamengo tinha perdido para o Botafogo, mas que já estava classificado para a final do campeonato. Também colocou Antônio a par do grande prêmio de fórmula 1, que havia sido ganho por Felipe Massa.

Aníbal percebeu que ela falava como se ele pudesse realmente ouvi-la.

Olhou em volta e viu dezenas de fotos e de posters que, além de vestir as paredes, mostravam Antônio com várias idades, tiradas em diferentes lugares. Em quase todas, estava sorrindo.

Deteve-se na foto do filho abraçado a uma jovem, possivelmente sua namorada, tendo ao fundo o Coliseu.

Vendo o interesse dele pela foto, Cristina comentou que Antônio sempre foi louco pela Itália, especialmente por Roma.

— Nessa foto, estava com vinte anos. Ele e a namorada foram, com um grupo da faculdade, a Londres, Paris e Roma. Mas ele, claro, adorou Roma.

A recordação do garoto que adorava filmes sobre o Império Romano, principalmente de gladiadores, veio imediatamente à mente de Aníbal.

Voltando a olhar para a foto, elogiou a beleza da moça.

— Essa moça é um amor. Agora está casada, mora em São Paulo, tem duas filhas mas sempre me telefona. Você acredita que continuamos amigas até hoje?

— Claro que sim. Posso até imaginar que você coloca o fone no ouvido do Antônio para que ele escute a voz dela, não é?

A expressão envergonhada de Cristina confirmou o que Aníbal acabara de dizer.

— Você deve achar que sou louca.

Aníbal fez que não com a cabeça.

— Antônio foi a melhor parte da minha vida. Nunca conheci alguém que reunisse tantas qualidades. Quando essa doença quis tirá-lo de mim, tive que escolher entre desistir de tudo ou continuar vivendo. E só posso continuar vivendo se ele também viver.

Ao ouvir o que Cristina acabara de dizer, Aníbal sentiu algo que, fazia tempo, não sentia: um aperto no peito.

— E eu não posso quebrar a promessa que fiz a ele.

Naquele momento, ele se deu conta de que Cristina descobrira um modo de fazer com que o filho participasse ativamente da vida dela, como se não estivesse aprisionado pelo coma.

Havia algo de diferente naquela dimensão que acabara de conhecer, levado pelo reencontro com Cristina.

Não se tratava, como estava habituado, de mais um jogo de interesses, de mais uma estratégia para fechar outro negócio, de mais uma operação financeira que iria engordar os investimentos.

Vislumbrou a possibilidade de o que estava acontecendo ter um significado diferente, uma espécie de atalho que a vida estava lhe propondo não sabia bem com que objetivo.

Alguém já lhe havia dito, não lembrava em que ocasião, que a vida nos manda uns avisos de vez em quando. Talvez fosse isso.

De toda maneira, decidiu não falar sobre qualquer implicação prática que aquela nova situação pudesse trazer. Nada de falar de advogados, de pactos ou de acordos judiciais. Não era o momento.

Nesse instante, Janete avisou à Cristina que havia um telefonema para ela.

Ela disse que retornaria a ligação mais tarde.

A moça insistiu, dizendo que era o gerente do banco e que já era a terceira vez que ligava.

Perguntou a Aníbal se não queria acompanhá-la, mas ele preferiu ficar um pouco mais no quarto de Antônio.

Surpresa com a resposta, Cristina acompanhou Janete até o escritório.

Aníbal voltou a examinar o quarto do filho.

Parou diante do poster do time do Flamengo, campeão brasileiro de 1992.

Perguntou a si mesmo se Antônio, embora ainda muito pequeno, chegou a acompanhar o time do Flamengo na década de 80. Foi a época de Zico, Júnior, Adílio, Andrade e tantos outros craques.

Mais uma coisa em comum que nós temos: torcemos pelo mesmo time — pensou ele, olhando para o filho adormecido.

A comparação com Ricardo, torcedor apaixonado do Vasco, foi automática.

Em seguida, deteve-se diante de um poster gigantesco de Roma, com fotos da Piazza Navona, Piazza di Spagna, Campo de Fiori, entre outras, onde estava escrito: *Una vita non basta.*

No caso do poster, a mensagem era de que uma vida não basta para conhecer tudo o que a Cidade Eterna tem a oferecer.

Mas a inscrição fez Aníbal refletir sobre o significado da vida de uma forma mais ampla.

Uma vida não basta.

A frase ecoava em sua mente.

Se é que a vida tem, realmente, algum significado, a dele não devia ter servido para grande coisa.

Aquele filho que estava ali, tão perto e, ao mesmo tempo, tão longe, tinha, certamente, muito mais a ver com ele, Aníbal, do que Ricardo.

No entanto, a menos que um milagre ocorresse, eles jamais se conheceriam, jamais poderiam conversar para falar de futebol ou de Roma ou de qualquer outro assunto.

Sentou-se em uma cadeira de balanço colocada ao lado da cama de Antônio e fechou os olhos por alguns instantes.

Foi despertado pelo ruído dos passos de Cristina, que entrou no quarto acompanhada de um senhor que aparentava ter mais de setenta anos.

Surpresa, Cristina se deu conta de que Aníbal estava cochilando e se desculpou por tê-lo acordado.

Ele se recompôs rapidamente e ela o apresentou ao Dr. Belmiro Arruda, que trazia nas mãos um livro de Direito Tributário bastante grosso.

Os dois trocaram um aperto de mão e, enquanto Aníbal disse o tradicional "muito prazer", o professor de Direito aposentado se limitou a sorrir.

Aníbal disse que já estava de saída e Cristina ofereceu-se para acompanhá-lo até o carro.

Quando já estavam fora da casa, Cristina explicou a Aníbal que aquele senhor que ele acabara de conhecer tinha sido professor de Antônio na faculdade e havia perdido a fala em consequência de um derrame. Por isso, permaneceu em silêncio quando foi apresentado a ele.

Aníbal quis saber o que ele tinha ido fazer lá.

Ela explicou que ele gostava de ler na companhia de Antônio. Na opinião do Dr. Belmiro, havia naquele quarto uma atmosfera de paz, de leveza e de lucidez que ele não encontrava em nenhum outro lugar.

— Sabe que ele tem razão? Eu cheguei a cochilar naquela cadeira de balanço. E olha que é muito difícil isso me acontecer.

— Eu sei que muitas pessoas não entendem como me comporto em relação ao Antônio. Acham que eu quero mudar a realidade, que, no fundo, eu não aceito o que aconteceu. Mas eu penso diferente. Há uma vida ali. E é a vida do meu filho.

— Eu entendo o que você está dizendo. Por incrível que pareça, também senti algo estranho. Mesmo imóvel, a gente sente a presença dele.

Segurando no braço de Aníbal, Cristina olhou direto nos seus olhos e perguntou se ele não estava dizendo isso somente para agradá-la.

— Já não me lembro quando foi a última vez que eu disse alguma coisa para agradar alguém. Tem mesmo uma vida naquele quarto. Não tenho dúvida disso.

A mãe do rapaz em coma sentou-se em um banco do jardim e começou a chorar.

Aníbal que, fazia tempo, exercitava a capacidade de ficar imune às emoções das outras pessoas, sentou-se ao lado dela mas não ousou dizer nem fazer nada.

Deixou que Cristina chorasse. Ainda que suas lágrimas extravasassem a saudade que sentia do tempo em que o filho vivia sua vida normal, havia nelas uma emoção nova, relacionada com aquele encontro inesperado, com o fato de Antônio e Aníbal terem se conhecido.

Antes de entrar no carro, Aníbal deu um beijo no rosto de Cristina.

Nenhum dos dois disse mais nada.

* * *

O motorista notou que Aníbal estava com uma expressão diferente. Tinha uma cara melhor, mais serena, do que quando tinha chegado. Pensou em perguntar se estava tudo bem, mas achou melhor ficar calado.

Só então Aníbal se deu conta de que havia esquecido o celular no carro e viu que havia várias mensagens para ele.

Telefonou logo para Glauco, que lhe contou que Fábio tinha conseguido fechar o negócio com o tal prefeito, exatamente nas bases que interessavam ao Grupo Cavalcanti.

— Boa notícia. Eu te disse que esse garoto é bom.
— Quer falar com ele?
— Não, depois eu falo.
— Mas você volta hoje, não é?
— Não sei. Te ligo mais tarde.

Assim que Aníbal desligou o telefone, Glauco não teve mais dúvida de que alguma coisa estranha tinha acontecido.

Aníbal tinha se empenhado por algum tempo para conseguir aprovar aquele projeto, que lhe traria um lucro de algumas dezenas de milhões de reais, e o fato de não querer nem mesmo falar com Fábio sobre a reunião era muito esquisito.

Pensou em ir ao encontro dele, mas hesitou.

Em se tratando de Aníbal Cavalcanti, é sempre bom agir com calma.

Chegando à casa de Taddeo, encontrou-o conversando com o engenheiro responsável pela construção da pousada.

Frederico Tedeschi, que tinha vindo de São Paulo especialmente para aquele encontro, era filho de um velho amigo de Taddeo e tinha se tornado um especialista em construir hotéis e pousadas.

Taddeo disse a Aníbal:

— Mio amico, você não morre tão cedo. Acabei de falar com o Fred sobre a nossa società na pousada.

Aníbal apertou a mão do engenheiro e confirmou o que Taddeo acabara de afirmar.

Taddeo convidou-o a participar da reunião com eles, o que Aníbal aceitou prontamente, para surpresa do amigo, que imaginara que ele teria que voltar para o Rio.

Aníbal disse que tinha decidido ficar mais alguns dias na fazenda, se ainda fosse benvindo, o que foi saudado com um caloroso abraço do italiano.

Sem se dar conta que havia deixado o celular no carro, acompanhou Taddeo e Frederico em sua incursão para reconhecimento do terreno.

* * *

Clóvis Orgariz, um dos advogados mais antigos do Grupo Cavalcanti e de quem Aníbal e Glauco dificilmente desconfiariam, telefonou para o celular de Ricardo de um telefone público e combinou um encontro com ele, uma hora depois, em um bar em Copacabana.

Ricardo achou ótimo terem marcado aquela conversa, porque queria que o advogado o colocasse a par do projeto das casas de veraneio, para que pudesse passar informações para Olavo.

Clóvis, homem de quase setenta anos, era dessas pessoas estudadas, do tipo que não costuma passar recibo. Entretanto, naquela tarde mostrava-se bastante preocupado e, antes que Ricardo pudesse falar sobre o assunto que lhe interessava, foi logo dizendo:

— Seus telefones foram grampeados.

Ricardo pareceu não acreditar no que acabara de ouvir.

— É isso mesmo — continuou Clóvis. Aníbal já deve estar sabendo que você está envolvido nos desfalques. Se ele descobrir que estou junto com você nisso, estou frito. Pode acreditar.

Clóvis resolvera se associar a Ricardo no caso das remessas ilegais de dinheiro para o exterior para pagar dívidas de jogo. Homem experiente, sabia que o filho de Aníbal não era o parceiro ideal para se ter em uma situação dessas, mas tinha certeza de que ele faria o que estivesse ao seu alcance para lesar os interesses do Grupo Cavalcanti, tamanho era o ódio que sentia do pai.

Ricardo via Clóvis como alguém em quem seu pai confiava e nunca passou pela sua cabeça que alguma coisa pudesse sair errada.

O que Clóvis acabara de lhe informar era uma ducha fria, considerando que estava empenhado em crescer aos olhos de Tito e sabia que a melhor maneira de fazê-lo era passar as informações de que Olavo necessitava.

Clóvis recomendou que Ricardo tivesse o maior cuidado com o que dissesse ao telefone e que, a partir daquele momento, evitasse qualquer contato com ele, pelo menos nas próximas três semanas. Era preciso ver que rumo as coisas tomariam.

Ricardo quis saber como andava o projeto da construção das casas.

Clóvis disse que, surpreendentemente, seu pai tinha mandado Fábio fechar o negócio e que temia que ele o mantivesse à frente da operação.

Tanto quanto Ricardo, Clóvis sabia que a ascensão do filho de Glauco não seria nada boa para ambos. Além de competente, Fábio era honesto e todos sabiam da dívida de gratidão que tinha para com Aníbal.

Ricardo contou a Clóvis que Tito estava interessado em participar do projeto, tendo o cuidado de colocar alguém como testa de ferro.

Clóvis voltou a insistir que aquele momento era crítico e que o melhor a fazer era aguardar.

Quando se despediram, Ricardo caminhou até o estacionamento onde tinha deixado seu carro, pensando que a casa de Angra voltara a se tornar um sonho difícil de ser concretizado.

Quanto a Clóvis, assim que entrou no táxi e rumou para o escritório central do Grupo Cavalcanti, no Leblon, se deu conta de que era perigoso lesar os interesses de alguém como Tito Pereira. O homem estava metido em vários negócios inescupulosos e estava envolvido com gente da pior espécie. Mas também sabia que os trezentos mil reais que ainda estava devendo ao pessoal do cassino clandestino que frequentava não seriam perdoados. Tinha que pagá-los, não importava como.

Era nisso que pensava quando notou, preso no espelho retrovisor do táxi, um escudo do Botafogo.

Lembrou-se do jovem que fora um dia, quando disputava competições de remo com a mesma garra com que devorava os livros de direito, na ânsia de se tornar um grande advogado.

Naquele instante, passaram, ainda que muito rapidamente pela sua mente, conquistas importantes profissionais e pessoais que conseguiu ao longo da vida.

Quando foi que a sorte começou a mudar?

Fechou os olhos por alguns segundos e lembrou-se do dia em que sua mulher morreu, depois de alguns anos enfrentando um câncer.

Talvez se Adila ainda estivesse viva...

Era nela que ele pensava quando o táxi parou em frente ao prédio de dez andares, com fachada de mármore e janelas com vidro fumê, sede do Grupo Cavalcanti.

* * *

Terminada a reunião com Taddeo e Frederico, Aníbal verificou as mensagens que havia na caixa postal do seu celular.

Só Isabel já havia deixado três recados.

Telefonou para ela e disse que teria que ficar mais alguns dias em Paraíba do Sul.

Ela se ofereceu para ir ao encontro dele e, ao ouvir de Aníbal que isso não seria necessário, sentiu-se aliviada.

Naquela semana, havia várias liquidações começando e ela poderia ir às compras sem a menor pressa de voltar para casa.

Poderia até combinar um jantar com algumas amigas em um desses restaurantes bem badalados, que Aníbal não costumava frequentar.

Em seguida, Aníbal telefonou para Glauco e pediu que ele fosse encontrá-lo para que pudessem conversar pessoalmente. Não quis adiantar o assunto por telefone.

Enquanto aguardava a chegada de Glauco, ficou em seu quarto pensando em algumas resoluções que teria que tomar naquele momento.

A primeira delas seria se afastar, durante algum tempo, do cargo de presidente do Grupo Cavalcanti, deixando Fábio em seu lugar.

Estava seguro de que ele era a pessoa certa para aquela função e, quanto às caras feias que isso poderia causar, principalmente de Ricardo, não estava muito preocupado. Uma hora ou outra isso acabaria acontecendo.

Inteiramente absorvido por seus pensamentos, custou um pouco a ouvir que alguém batia em sua porta.

Era Cecília, que veio convidá-lo para dar uma volta.

Aníbal tentou recusar, dizendo que estava ocupado naquele momento, mas ela insistiu, dizendo que ele não tinha ideia de como era agradável a trilha que os aguardava.

Diante desse argumento, ele não teve como recusar.

Cecília tinha razão. A trilha subia, de maneira suave, pela montanha, circundava um lago que havia dentro da fazenda e brindava quem a percorresse com uma infinidade de matizes que vinham das numerosas flores que os acompanhavam durante o percurso.

Aníbal contou a Cecília que Glauco, que era seu braço direito nos negócios e amigo de longa data, estava vindo do Rio para encontrá-lo.

— Mas acho que, neste momento, você está precisando mais do amigo do que do colaborador, não é mesmo?

Surpreendendo-se com o comentário, Aníbal notou que ela estava usando novamente o broche em forma de olho.

— O que é isso, um olho mágico? perguntou ele apontando para o broche e mudando de assunto.

Cecília percebeu a esquiva e explicou que aquilo era um olho de Horus, um amuleto egípcio de proteção.

— Sou fascinada por olhos. Pensando bem, sou fascinada pela visão, pelo modo de como cada pessoa vê a vida.

— Mas as pessoas, de modo geral, não tendem a ver a vida de maneira igual?

— A maioria, sim. Mas não todas. Há pessoas que lutam por grandes ideais, que dedicam a própria vida a isso.

Aníbal lembrou-se de Gabriela, sua enteada, e disse a Cecília que ela possuía, realmente, vocação para ser médica e que vivia preocupada com os problemas não só das crianças mas, também, dos pais.

— Essa menina luta de verdade por um ideal — disse ele.

— Se a vontade dessa moça de cuidar de crianças não se limita ao plano médico, por que você não a ajuda nisso? Para um homem com a sua influência, isso não seria difícil.

Aníbal voltou a olhar para o broche de Cecília.

— É incrível o potencial que todos nós temos de fazer alguma coisa que valha a pena. Basta olhar para o lado certo — disse ela.

Aníbal gostou disso: *olhar para o lado certo.*

Terminada a caminhada, Aníbal foi ao seu quarto para tomar um banho mas, antes, voltou a telefonar para Isabel.

Quando Isabel viu, no celular, que a chamada vinha do marido, teve vontade de não atender. Temeu que ele tivesse mudado de ideia e ligado para lhe dizer que fosse encontrá-lo.

Resolveu atender e se surpreendeu quando Aníbal disse que queria o celular de Gabriela. Perguntou o que ele queria com a filha, mas ele não adiantou o assunto. Anotou o telefone da moça e desligou.

A voz de Gabriela ao telefone parecia alegre e a razão disso é que um de seus pacientes, um menino de seis anos de idade, conseguira se curar de uma meningite, depois de um longo tratamento.

Aníbal disse que o motivo de seu telefonema era lhe dizer que um prédio de três andares que ele possuía na Tijuca estava para ser desocupado e ele queria saber o que ela achava de transformá-lo em uma creche. Disse-lhe, também, que ela poderia ser a médica responsável, assim que terminasse a residência.

Gabriela ficou mais feliz do que surpresa com o que tinha acabado de ouvir. Trabalhar com crianças sempre foi o sonho da sua vida e poder formar a própria equipe era algo que nunca passara pela a cabeça, nem mesmo em sonho.

Quando telefonou para Isabel para lhe contar a razão do telefonema de Aníbal, sua mãe ficou mais preocupada do que feliz.

Será que ele está perdendo o juízo?

Foi o pensamento que cruzou a mente de Isabel.

Já tinha lido em algum lugar ou visto em algum filme que alguns distúrbios de comportamento podem ser causados por doenças graves.

Se bem que, no caso de Aníbal, todos os exames feitos recentemente tinham sido normais.

Mas que esse negócio dele ceder um prédio para fazer uma creche era muito estranho, isso era.

* * *

Chegando à fazenda, Glauco encontrou Aníbal à sua espera.

Sabia que não teria pedido que fosse encontrá-lo se o assunto não fosse sério.

Aníbal lhe falou do reencontro com Cristina, do filho em coma e da decisão de se afastar durante algum tempo dos negócios, deixando Fábio em seu lugar.

Depois de ouvi-lo pacientemente, Glauco tirou os óculos com armação de metal e abaixou a cabeça, pressionando a base do nariz com o polegar e o indicador da mão direita, gesto que fazia com certa frequência, diante de situações que envolvessem maior gravidade.

— Preciso que você fique mais atento do que nunca.

Glauco assentiu.

— Tudo bem. Mas como posso ajudá-lo no plano pessoal, como amigo?

— Não sei. Talvez depois de todos esses anos, eu tenha que responder pelo que fiz. E ninguém melhor do que você sabe que eu tenho contas a prestar — disse Aníbal, referindo-se ao assassinato de Edinelson.

Glauco abaixou a cabeça, lembrando da cena que testemunhara.

Aníbal colocou-se à disposição de Fábio, para orientá-lo no que fosse necessário. Glauco gostou de ouvir isso, porque sabia que não tinha a visão nem o conhecimento do mundo dos negócios de Aníbal. Ninguém poderia ser melhor professor para o seu filho.

Glauco disse que temia pela reação de Ricardo ao saber da promoção de Fábio.

Aníbal disse que iria pensar em um modo de resolver a situação do filho.

Glauco quis saber se deveriam manter as escutas telefônicas mais tempo.

Aníbal disse que não, que já sabia o que precisava em relação ao filho e que, daquele momento em diante, tinha que decidir com calma o que deveria ser feito.

Glauco ponderou que ainda não tinham descoberto quem estava ajudando Ricardo nas remessas de dinheiro para o exterior e que a melhor maneira de fazê-lo seria manter os grampos telefônicos.

Aníbal coçou a cabeça e disse:

– Sabe, Glauco, o preço que a gente paga para saber o que dizem de nós é muito mais alto do que o que a firma de espionagem cobra. Acho que já paguei o suficiente.

Mudando de assunto, Aníbal disse que o prédio que estava sendo desocupado na Tijuca não deveria ser novamente alugado, já que tinha outros planos, mas não falou nada sobre a creche.

Enquanto Aníbal se despedia de Glauco, Cecília e Taddeo chegaram.

Convidaram Glauco para jantar e sugeriram que ele voltasse no dia seguinte para o Rio, mas ele preferiu voltar logo.

Já começava a anoitecer quando o motorista pegou a estrada e, só então, Glauco se deu conta de que Aníbal não falou sobre a possibilidade de fazer uma exame de DNA para confirmar se Antônio era realmente seu filho.

Achou o fato estranho e se perguntou o que estava acontecendo com ele.

Em condições normais, ele não teria deixado esse detalhe escapar.

***

No dia seguinte, Aníbal decidiu voltar ao Rio.

Tomou o café da manhã sozinho com Taddeo, já que Cecília tinha ido a São Paulo.

Embora um pouco mais calado do que de costume, Taddeo percebeu que ele parecia calmo.

Aníbal resistiu à tentação de contar que era o pai do filho de Cristina. Achou que não era o momento certo.

Reafirmou ao amigo que podia contar cem por cento com ele no projeto da pousada e que ele não imaginava o quanto foi importante o convite, que partiu dele e que o trouxe à sua terra natal, após tanto tempo.

— Sabe, Taddeo, acho que está na hora de dar uma guinada na minha vida. Nesse momento, uma das poucas certezas de que tenho é que preciso de um tempo para pensar melhor no que fazer daqui em diante.

Taddeo se limitava a ouvi-lo.

— Na verdade, me sinto um fracassado em relação à minha vida pessoal. E não estou dizendo isso da boca para fora. Mas talvez ainda haja tempo para fazer alguma coisa.

— Sempre há tempo, mio amico. Acho que o mais difficile, às vezes, é saber o caminho a seguir. Mas uma vez que a gente o tenha encontrado é só segui-lo e tutto o mais vem em consequência.

— O problema é que, nesse momento, ainda não sei qual é o caminho certo. Mas sei de alguns caminhos, ou maneiras de agir, que preciso abandonar. Só agora comecei a me dar conta de que há muito mais coisas no mundo do que o Grupo Cavalcanti.

Ao ouvir isso, Taddeo se lembrou de um trecho do poema "Cântico Negro", de José Régio, que diz:

Não sei para onde vou

Não sei por onde vou
Só sei que não vou por aí
— Saber por onde não ir já é um bom começo.
Aníbal concordou.
Antes de pegar a estrada, resolveu voltar à casa de Cristina. Quando chegou ao quarto de Antônio, onde ela o aguardava, havia uma senhora sentada ao lado dele fazendo tricô.

Cristina o apresentou à D. Dalva Garcia, funcionária aposentada dos Correios, que conhecera Antônio ainda criança e sempre teve por ele um carinho especial.

Adorava o bolo de laranja que ela fazia e que continuava levando para Cristina semanalmente, ocasião que aproveitava para ficar um pouco na companhia dele, tricotando ou conversando.

D. Dalva, que já passara dos oitenta, era completamente só. Depois de ter ficado viúva, ainda cuidou da mãe durante alguns anos. Chegou a ter um coelho de estimação, a quem dera o nome de Bartolomeu.

Durante alguns anos, o coelho lhe fez companhia mas, em uma manhã em que brincava no jardim, morreu após ser atingido na cabeça por uma manga que, literalmente, caíra de madura.

Habituada às visitas da morte, que já lhe havia levado pessoas queridas, referências importantes na sua geografia afetiva, encarou com naturalidade o que aconteceu a Bartolomeu, mas decidiu não se afeiçoar a mais nenhum animal de estimação: *Sabe como é, a gente se apega e depois sofre...*

Sem perceber, Aníbal já estava começando a se habituar à movimentação no quarto de Antônio e quis saber se o filho tinha mais algum visitante frequente.

Ela disse que tinha vários, entre eles um veterinário que fora amigo de infância dele.

O fato de Antônio estar sorrindo em quase todas as fotos voltou a chamar a atenção de Aníbal, que comentou o fato com Crstina.

Ela disse que essa era uma das características marcantes do filho, a sensação que transmitia de estar sintonizado com a vida, de viver com prazer.

— Como é possível explicar por que algo assim tenha acontecido com uma pessoa como o Antônio? — perguntou Aníbal.

— Só posso imaginar que ele esteja pagando alguma dívida do passado, se purificando, se preparando para um estágio melhor.

— Uma outra vida, você quer dizer?

— E por que não?

— Como eu gostaria de acreditar nisso, de ter fé em alguma coisa maior que a simples condição humana...

— Quem sabe, isso que você está vivendo agora não é um chamado, um sinal para que você reformule os seus conceitos, para que você busque uma crença, uma religião?

— Acho que nenhuma religião poderia me absolver. Já cometi erros que não podem ser reparados.

— Não cabe a você esse tipo de julgamento. Pense no que vai fazer com o resto da sua vida.

— Não tenho a sua força de vontade, a sua determinação.

— Claro que tem. Procure entrar em sintonia com a sua essência, com aquele jovem que eu namorei aqui em Paraíba do Sul. Ele não queria vencer na vida, ficar rico? Pois isso ele já conseguiu. E agora? Procure as respostas dentro de você.

Aníbal permaneceu em silêncio.

Cristina notou, pelo olhar vago, que ele parecia perdido com aquela conversa.

Pousando a mão no seu braço, disse-lhe carinhosamente:

— Sabe, Aníbal, todos nós precisamos ter fé em alguma coisa. Pode levar muito tempo, mas chega um dia em que a gente precisa dela. Encontre um meio de equilibrar o lado espiritual com as outras áreas da sua vida.

Aníbal fixou o olhar nela e balançou a cabeça em tom de aprovação.

— Não sei com que frequência você vai aparecer por aqui, mas, de vez em quando, recebemos a visita de um médico de São Paulo que se converteu ao budismo e, mais ou menos a cada três meses, vem aqui para dar umas palestras. Talvez você goste.

— É. Pode ser — disse Aníbal de modo pouco convincente.

Quando atravessaram a sala, a caminho da entrada da casa, Aníbal notou sobre uma mesa de madeira maciça algumas fotos de Cristina em várias fases da sua vida e parou para examiná-las.

Vendo que Aníbal demonstrava não ter pressa, Cristina foi até a cozinha fazer um café.

Quando voltou com um expresso, Aníbal lhe pediu para reunir todos os exames de Antônio, porque gostaria de pedir o parecer de um grande neurologista do Rio, muito amigo dele, sobre o caso.

Cristina concordou e disse que sempre é válido pedir mais uma opinião.

Aníbal disse que, se fosse o caso, traria seu amigo até Paraíba do Sul para examiná-lo.

— Será que vou ganhar um aliado nessa luta? — perguntou ela.

— Já ganhou. Vou fazer tudo que puder para ajudar o Antônio.

Cristina se emocionou mas, dessa vez, conseguiu conter as lágrimas.

* * *

Chegando ao Rio, Aníbal foi direto para o escritório.

Tinha tanta coisa em mente que nem sabia por onde começar.

Sua primeira medida foi marcar uma reunião de emergência com a diretoria para comunicar a decisão que havia tomado de se afastar da presidência do grupo por tempo indeterminado, deixando Fábio em seu lugar.

Em seguida, chamou Glauco para uma conversa em particular.

Disse-lhe que não iria renovar o aluguel do prédio na Tijuca e contou a ele seu projeto de transformá-lo em uma creche, sem fins lucrativos, voltada para famílias de baixa renda.

Os salários dos médicos e dos funcionários seriam pagos por uma fundação que viria a ser criada com o patrocínio do Grupo Cavalcanti.

— Imagino como a Gabriela vai ficar feliz com essa notícia — disse Glauco.

Aníbal lhe contou que ela já sabia e, estava, de fato, muito feliz.

Nesse momento, trocaram um olhar sincero.

Havia nos olhos de Glauco um misto de surpresa e de orgulho como se, de alguma forma, ele sempre soubesse que Aníbal seria capaz de fazer algo bom.

Nos olhos de Aníbal, havia um sentimento de satisfação.

Lutando contra a objetividade que sempre guiou suas decisões, deixou-se levar pelo lado sentimental, que acabara de descobrir, e tinha certeza de que estava fazendo o que era certo.

Aníbal fez menção de levantar-se para se despedir de Glauco, mas este lhe disse que tinha um assunto para tratar com ele.

O fundador do Grupo Cavalcanti lhe perguntou, em tom de brincadeira, se havia se esquecido que era Fábio, seu próprio filho, quem estava no comando, naquele momento.

Glauco não sorriu, coçou a cabeça, tirou os óculos e colocou-os sobre a mesa.

— Sabe, Aníbal, não sei se estou agindo certo, mas como você vai se afastar durante algum tempo dos negócios, há algo que prefiro que você saiba agora.

Abrindo os braços de modo a dar a entender que não tinha outra opção senão ouvir o que ele tinha a dizer, Aníbal continuou sentado.

— Quando você me disse que retirasse as escutas telefônicas, o que eu mandei fazer imediatamente, ainda não tínhamos recebido os últimos relatórios da firma de espionagem.

Aníbal o ouvia atentamente.

— Já sabemos quem estava ajudando o Ricardo nos desfalques.

— Tenho certeza que é alguém da nossa inteira confiança.

— Nosso velho colaborador Clóvis Orgariz.

— Puxa, logo ele!

— Descobrimos que o Clóvis tem dívidas de jogo bem altas, e os caras a quem ele está devendo não são de perdoar.

— Ele deve estar mesmo desesperado para se meter em algo assim, ainda mais com o Ricardo, que sempre foi um trapalhão.

— Lembra daquele quadro que ele tem na sala de jantar, que a mulher dele adorava?

— Claro que lembro. É um trigal que o Enrico Bianco pintou na década de sessenta. Era o xodó da Adila.

— Pois é. Vai ser leiloado daqui a alguns dias.

— Já ouvi ele dizer algumas vezes que esse quadro é a maior recordação que ele tem da mulher. Não há dúvida de que ele está encurralado.

— Além disso, a venda do quadro não vai ser suficiente para cobrir as dívidas. Talvez ele só esteja fazendo isso para conseguir ganhar tempo.

— De qualquer maneira, vamos fazer o seguinte: consiga alguém para arrematar esse quadro para nós no leilão. Mas não deixe que ninguém saiba que estamos por trás disso.

— Qual é o seu plano? — perguntou Glauco.

— Ainda não sei bem. Mas vamos manter o quadro conosco. Vou pensar no que fazer.

— Também fiquei sabendo, há pouco tempo, que o Clóvis está tomando remédio para depressão. Tenho medo de que ele possa fazer alguma bobagem, se realmente chegar à conclusão de que não tem saída.

Glauco continuou:

— E quanto ao Ricardo? Já pensou como ele vai ficar quando souber que o Fábio vai ficar no comando do grupo?

— Ele não vai ter outra opção senão aceitar.

— Não quero encher mais ainda a sua cabeça com preocupações, mas não esqueço a ameaça que ele fez a você — disse Glauco, referindo-se à gravação em que Ricardo fala em mandar Aníbal *dessa para a melhor...*

Nessa altura dos acontecimentos, Aníbal já tinha até se esquecido desse detalhe.

— Não acho que ele estivesse falando sério.

— Pode ser, mas confesso que tenho medo por você e pelo Fábio.

— Vou ter uma conversa com ele. Deixa comigo.

Aníbal acompanhou Glauco até a porta, apertou a mão dele e disse-lhe:

— Vou dar uma guinada na minha vida. Vamos ver se ainda há tempo de fazer algo de bom. Conto com você. Mais do que nunca.

— Pode contar. Você sabe disso.
— Mais uma coisa — disse Glauco.
— Fala.
— Obrigado pelo garoto.
— Não me agradeça. Ele fez por merecer. Já lhe disse isso.

Aníbal foi até a sala da sua secretária e pediu que localizasse o Dr. Sérgio Novelli, amigo de muitos anos e um dos mais renomados neurologistas do país. Estava ansioso para lhe falar do caso de Antônio. Queria participar mais da vida daquele filho que não sabia que tinha e que, mesmo dormindo, conseguia agregar tantas pessoas em torno dele.

Enquanto isso, Glauco pensava, sozinho em sua sala, na complexidade do ser humano. O mesmo Aníbal, capaz de se vingar com crueldade de um pobre caseiro, fora o grande responsável pela cura de seu filho quando criança e agora selava o destino do rapaz.

Nesse momento, lembrou-se de Fábio ainda menino, que, ao chutar uma bola, quebrou o vidro da janela de uma vizinha, que era temida pela criançada na rua em que moravam, no Grajaú.

D. Esperança, que tinha o apelido de *bruxa*, era dessas pessoas revoltadas com a vida e razões para isso nunca faltaram: era feia, solteirona, não tinha amigos nem família e, como se não bastasse, sofria de constipação crônica.

Sua missão na vida era cuidar da casa e do jardim com o maior esmero possível.

Ao ouvir o barulho do vidro da sala de jantar se quebrando, todos os garotos que disputavam uma pelada na rua correram, exceto Fábio.

Postou-se junto à porta e, logo que D. Esperança saiu, fuzilando quem quer que fosse com o olhar, ele se apresentou, disse onde morava e assegurou-lhe que seu pai pagaria o prejuízo.

Pega de surpresa pela atitude do garoto, ela teve que engolir as palavras agressivas que já trazia prontas e anotou o telefone dele.

No mesmo dia, à noite, telefonou para Glauco e este honrou o compromisso assumido pelo filho.

Era esse mesmo garoto corajoso, habituado a não fugir das responsabilidades, que agora assumia a direção do Grupo Cavalcanti.

* * *

Aníbal chegou em casa mais cedo e encontrou Gabriela lendo um livro na varanda.

Ao vê-lo, ela o abraçou com mais carinho do que costumava fazer e lhe deu um beijo no rosto.

Quando ia perguntar sobre o que ele dissera sobre a construção da creche, Aníbal foi mais rápido:

— Então, está pronta para chefiar a creche? Temos que pensar em um nome. O que você acha de Hospital das Crianças? Ou você prefere dar o nome de algum santo ou santa?

— Ainda não pensei nisso. Estou tão feliz com a notícia...

Aníbal disse-lhe que ela poderia trabalhar na creche pela manhã e ter seu consultório particular à tarde.

Nesse momento, Isabel chegou com algumas sacolas de compras e estranhou Aníbal ter saído mais cedo do escritório.

Vendo a alegria estampada no rosto da filha, logo imaginou sobre o que eles falavam.

Com uma descontração que não era habitual, Aníbal disse que já tinha resolvido a vida de Gabriela e que agora iria resolver a dela, começando com um convite para jantar. E ela poderia escolher o restaurante, até mesmo aquele francês caríssimo, que servia quantidades mínimas de comida.

Isabel tinha em mente vários assuntos para falar com Aníbal, começando pela demora dele em voltar de Paraíba do Sul, mas ficou tão animada com o convite que resolveu deixar isso para depois.

Perguntou ao marido se queria que mandasse ligar para a sua personal trainer mas ele disse que não, que preferia relaxar um pouco na banheira antes do jantar.

Isabel e Gabriela se entreolharam, surpresas. Se havia uma palavra que não constava do vocabulário de Aníbal era *relaxar*.

Não havia dúvida que ele estava diferente — foi o que elas pensaram naquele momento.

* * *

Durante o jantar, Aníbal falou bem mais do que costumava fazer.

Embora já tivesse consciência de que teria que contar a Isabel sobre Antônio, achou que a ocasião não era apropriada.

Preferiu falar da construção da pousada e da surpresa em saber que Taddeo estava praticamente casado, ainda mais com uma escritora, o que contrariava toda a história pregressa do amigo, no que dizia respeito às mulheres.

Isabel gostou de vê-lo assim, mais descontraído, conversando sobre assuntos diversos, tão diferente daquele homem preocupado, de poucas palavras, que sempre falava (quando falava) de negócios.

Quando o maître trouxe a carta de vinhos, Aníbal fez questão de escolhê-lo. Embora conhecesse muito pouco do assunto, lembrou-se do Solaia que tomara com Taddeo e escolheu um vinho da mesma região, embora menos caro, o que deixou Isabel ainda mais feliz.

— Sabe, Isabel, preciso fazer algumas mudanças na minha vida.

— Espero que isso não tenha nada a ver com a nossa relação.

— Não, claro que não.

— Ainda bem.

— E isso não diz respeito apenas à minha vida profissional. Quero aproveitar um pouco mais o lado pessoal, também.

— E você já tem algum projeto?

— Sempre tive vontade de conhecer Roma e nunca me dei esse presente. Resolvi visitar a Itália. Vou pedir ao Taddeo para me fazer um roteiro. Também quero levar você a Veneza. O que acha?

— Acho maravilhoso.

Isabel notou no pulso esquerdo de Aníbal um relógio que fora presente dela, mas que ele sempre relutava em usar, porque achava muito esportivo. Hesitou um segundo, mas decidiu perguntar:

— Aconteceu alguma coisa em Paraíba do Sul que você queira me contar? Você voltou de lá muito diferente.

Nesse momento, dois casais passaram em frente à mesa deles. Um deles era o dono de um banco de investimentos e sua mulher, de quem Isabel e Aníbal eram amigos.

Os casais se cumprimentaram e mulher do banqueiro disse, em tom de brincadeira, que Isabel e Aníbal, jantando *tête à tête*, pareciam um casal de namorados.

Quando o casal se afastou, Isabel disse a Aníbal:

— Se ela soubesse há quanto tempo nós não saíamos sós...

— Essa é uma das coisas que precisamos mudar. Lembra de quando nos conhecemos?

Enquanto Isabel levava a taça de vinho à boca, Aníbal lembrou-se de quando a conheceu na festa que se seguiu a um casamento, no Rio de Janeiro. Embora tivesse acabado de completar sessenta anos de idade, sentiu-se atraído por ela como poucas vezes acontecera em sua vida.

Isabel, por sua vez, já sabia quem era Aníbal Cavalcanti, e ser cortejada por um homem poderoso como ele era uma oportunidade que não podia desprezar, ainda mais a poucos meses de completar quarenta anos de idade. Ainda por cima, achou que parecia melhor pessoalmente e mais alto do que nas fotos que vira.

—Você estava falando de Paraíba do Sul — disse Anibal.

— Deixa pra lá. Estou achando você ótimo. Se quiser me contar alguma coisa agora, vá em frente. Se quiser deixar para depois, você é que sabe.

— Então que tal falarmos da viagem?

Passaram o resto do jantar fazendo planos que incluíam visitas a várias cidades, do norte ao sul, e chegaram à conclusão de que seria melhor alugar um carro ou, talvez, contratar um motorista.

Quando chegaram em casa, assim que Aníbal estacionou o carro na garagem, Isabel puxou seu rosto para que ele a olhasse e ele a beijou, com calma, com carinho e com desejo, como há algum tempo não fazia.

Naquela noite fizeram amor e Aníbal voltou a ter nos braços a bela mulher que conhecera na festa de casamento. Isabel, por sua vez, se sentiu novamente envolvida por aquele homem maduro e decidido que conhecera na mesma ocasião.

* * *

No dia seguinte, Aníbal se exercitou um pouco pela manhã e chegou ao escritório sem pressa. Telefonou para seu amigo neurologista e lhe falou sobre o caso de Antônio.

O Dr. Novelli se prontificou para ir com ele até Paraíba do Sul para examiná-lo.

Combinaram que iriam no fim de semana seguinte, o que deixou Aníbal contente.

Embora não soubesse explicar por que, estava querendo voltar à Paraíba do Sul. Aqueles dias que acabara de passar lá se, por um lado, lhe trouxeram revelações surpreendentes, também fizeram com que se distanciasse um pouco dos problemas que vinha enfrentando no momento atual.

Além disso, quando pensava na realidade que cercava Antônio, ficava impressionado.

Jamais poderia imaginar que uma pessoa sequestrada da vida por um coma pudesse ser o centro de tantas atenções, de tanto carinho, de tanto amor.

E Cristina, que mulher de fibra! Jamais o procurou para lhe fazer qualquer cobrança nem para lhe pedir alguma coisa. Não havia dúvida de que ela estava cumprindo à risca a promessa que fizera a Antônio de jamais abandoná-lo, não importando o que acontecesse.

Até certo ponto, os acontecimentos recentes o fizeram respirar um ar limpo, impregnado da essência de gente que luta por um ideal, como Cristina, ou que simplesmente vive sendo o que é, sem máscaras, como aquelas pessoas que frequentam a casa dela. Também foi bom estar com Taddeo, seu amigo de tantos anos que pouco via e conhecer Cecília, que parecia ser alguém com uma personalidade bastante forte.

Embora nunca tivesse imaginado viver fora do Rio, poderia passar a frequentar a pousada, a fugir um pouco de toda essa loucura que envolve a vida nas grandes cidades.

Era nisso que pensava quando sua secretária anunciou que Glauco queria falar com ele.

Como de hábito, Aníbal o recebeu prontamente.

Glauco queria saber se ele já tinha decidido o que fazer em relação a Ricardo e Clóvis.

Esse assunto fez com que ele mergulhasse, novamente, nas preocupações que o atormentavam, mas não tinha como evitá-lo.

Em relação a Ricardo, Aníbal disse que estava tentando ganhar algum tempo, mas Clóvis teria que ser demitido. Na sua opinião, não era mais digno de confiança e não havia outra coisa a fazer.

Glauco argumentou que essa medida poderia trazer consequências graves, considerando a depressão que vinha enfrentando e as dívidas de jogo.

— Essa mistura pode ser fatal para ele.

Aníbal assentiu e disse, olhando fixamente para o amigo:

— Não tenho como apagar da minha mente o que sei dele. E isso não me deixa alternativa.

Mesmo não gostando de contrariar Aníbal, Glauco insistiu:

— Ele não fez nada diferente do Ricardo e tenho certeza de que você não vai demiti-lo porque ele é seu filho. Sinceramente, você acha isso justo?

Aníbal estranhou a atitude de Glauco.

Chegou a pensar em acabar aquela conversa naquele instante, como costumava fazer.

Respirou fundo e disse:

— Quer saber? Não, não acho justo. Mas, talvez, a vida não seja justa. Aquele rapaz que está em coma talvez tenha muito mais a ver comigo do que o Ricardo. No entanto, a menos que um milagre aconteça, nunca vou poder conversar com ele, nunca vou conhecê-lo de verdade. Mas não posso desfazer o fato de que o Ricardo é meu filho.

Talvez por ter notado que Aníbal voltara de Paraíba do Sul bastante mudado, Glauco continuou:

— Então, por que você não imagina que o Clóvis também é da sua família?

Aníbal coçou a cabeça. Com um ar desolado, respondeu:

— Só se eu pudesse esquecer do que eu sei, do que vivi. E não vejo como poderia me libertar do passado. Pelo contrário, me sinto prisioneiro dele.

Glauco permaneceu calado, e Aníbal continuou:

— De qualquer maneira, não precisamos decidir nada agora.

— Você é que sabe.

Retomando o ar decidido que o caracterizava, Aníbal mudou de assunto:

— Acabei de ter uma ideia. Aquele quadro que nós arrematamos no leilão, mande de volta para o Clóvis.

Glauco voltou a ficar surpreso:

— Como assim? Ele já deve ter recebido o dinheiro da venda.

— Eu sei. Mande o quadro de volta para ele com um cartão em branco. Não quero que ele saiba que eu estou por trás disso. Ele sempre foi um homem religioso. Quem sabe, ele não interpreta isso como um sinal de ajuda divina e resolve mudar a maneira de agir?

— Ótimo!

— Se o Ricardo não tiver a ajuda do Clóvis, não terá mais como desviar dinheiro nosso.

Glauco concordou.

Aníbal aproveitou a ocasião para dizer-lhe que decidira fazer uma viagem de turismo à Itália com Isabel.

Falou, também, que iria manter Fábio na presidência do Grupo por tempo indeterminado e que queria fazer um testamento antes de viajar. Sorrindo discretamente, Glauco demonstrou ter gostado do que acabara de ouvir.

* * *

No sábado seguinte, Aníbal e o Dr. Novelli saíram do Rio de manhã e, antes das 11h, chegaram à casa de Cristina.

O médico passou trinta minutos examinando Antônio e quase uma hora vendo todos os exames aos quais ele já havia sido submetido.

Sua conclusão foi a de que, no momento, não havia nada a fazer; não havia, porém, dúvida de que o caso dele poderia ter uma evolução positiva, não só pelos avanços que a medicina vinha conquistando mas, também, porque já tivera a oportunidade de testemunhar casos em que o paciente saiu do coma após muitos anos.

Além disso, acrescentou que vinha acompanhando com muito interesse o trabalho de alguns médicos ingleses de mapear o cérebro de pacientes em coma com ressonância magnética.

Na opinião de Novelli, isso poderia tornar possível, no futuro, que pessoas nesse estado pudessem expressar seus sentimentos e pensamentos.

O neurologista era da velha escola de medicina, que sabe equilibrar o lado humano com o lado científico e que se preocupa em deixar sempre uma janela de esperança para os familiares, mesmo em um caso como o de Antônio.

Em seguida, os três foram para a fazenda, onde Cecília e Taddeo reuniram alguns amigos para almoçar.

Taddeo mostrou a Aníbal o roteiro que havia preparado para a viagem.

Manteve-se fiel ao pedido do amigo, de começar por Roma e terminar em Veneza, mas, honrando suas raízes, deu ênfase à Toscana.

Conhecendo bem a região, das mais ricas em história e arte, incluiu detalhes que considerava imperdíveis de Florença, Siena, Pisa, Arezzo, Luca, Massa e Montalcino.

O almoço foi servido ao ar livre e se estendeu até o final da tarde.

Na hora do café, Novelli, grande apreciador de flores, estava entretido em um grupo que conversava sobre a possibilidade de fazer um orquidário na pousada que, a essa altura, já tinha data para começar a ser construída.

Vendo que o amigo estava enturmado e notando que Cristina se levantara para ir embora, ofereceu-se para levá-la.

Pediu que o motorista o esperasse na fazenda e resolveu dirigir ele mesmo até a casa dela.

Essas idas a Paraíba do Sul estavam fazendo com que ele voltasse a se animar a pegar no volante, hábito que tinha abandonado devido ao trânsito caótico do Rio.

Disse-lhe que gostaria de visitar Antônio, com o que ela prontamente concordou.

Enquanto Cristina foi até a cozinha preparar um chá, encaminhou-se diretamente para o quarto do filho.

Ao vê-lo, esboçou um sorriso. Já estava habituado à serenidade daquele rosto e ao ambiente de paz que o cercava. Parecia que, na companhia dele, o tempo passava mais devagar.

Voltou a percorrer o quarto com os olhos, detendo-se nas fotos, nos posters e, quando Cristina chegou com a xícara na mão, encontrou-o, novamente, olhando para o poster de Roma onde estava escrito *Una vita non basta*.

De maneira sincera, Aníbal disse:

—Talvez uma vida só não baste para fazer tudo, mas há coisas que não podemos deixar de, pelo menos, tentar fazer.

Cristina o ouvia com atenção.

— Já te disse que o nosso reencontro e o fato de saber da existência do Antônio mexeram muito comigo, muito mesmo. Acho que eu estava precisando levar uma sacudida.

Cristina não tirava os olhos dele.

— Mas sabe o que é interessante?

— Fale.

— Essa sacudida me despertou para coisas para as quais eu nunca liguei.

— Isso é bom. Vai fazer com que você reavalie sua vida.

— O problema é que essa reavaliação me coloca em uma encruzilhada. Ao mesmo tempo que tento me tornar mais compreensivo, não consigo abandonar o jeito direto de resolver as coisas, de fazer o que acho certo. E não consigo perdoar quem me trai, quem é desonesto comigo.

— O Chico Xavier dizia que a sabedoria superior perdoa e a inferior julga. Talvez seja uma questão de não julgar, de aceitar ver os outros com os defeitos, com as imperfeições que nós também temos.

— Isso seria muito difícil para mim.

Cristina aproximou-se dele e, passando a mão pelos seus cabelos, disse:

— Pare de ficar se cobrando. Viva um dia após o outro. Deixe para resolver o que for mais importante quando voltar da viagem. Tire umas férias de você mesmo.

— Quer alguma coisa da Itália?

— Quero que você se divirta bastante e volte com muitas novidades para me contar.

Com um beijo na face, Aníbal despediu-se do filho. Tentou dizer-lhe alguma coisa, mas não conseguiu.

Cristina o acompanhou até a varanda.

Despediram-se com um abraço de velhos amigos, unidos por um elo forte que, mesmo silencioso, estava mais presente do que nunca.

À medida que o carro se afastava, Cristina se deu conta do quanto Aníbal já havia mudado.

A expressão facial daquele homem que acabava de deixá-la era completamente diferente do Aníbal que, menos de um mês antes, ficara surpreso ao saber da existência de Antônio.

Tinha certeza de que poderia contar com ele no que fosse preciso para ajudar o filho, mas, mais que isso, sentia que Aníbal poderia, daquele momento em diante, reformular suas atitudes e, enfim, se dar conta de que a vida é muito mais do que o sucesso profissional.

Nesse instante, lembrou-se de um ensinamento do budismo, segundo o qual, através de nossas ações, podemos modificar o nosso carma.

Talvez Aníbal se encontrasse, agora, diante do atalho que poderia alterar de maneira definitiva o curso dos eventos que o aguardavam.

Nossa compreensão da vida é tão limitada— pensou ela, enquanto entrava em casa.

* * *

Olavo Fontes estranhou a insistência de Ricardo em marcar um encontro com ele e com Tito Pereira logo no início da semana.

Em um final de tarde, recebeu-o sozinho em seu escritório, que ocupava um andar inteiro de um prédio luxuoso na Barra da Tijuca, desses com muitos carros importados na garagem.

Habituado a se resguardar, Tito Pereira preferiu não comparecer.

De maneira bastante fria e objetiva, Ricardo colocou o advogado a par do que estava acontecendo no Grupo Cavalcanti.

Levando em conta a promoção de Fábio e o modo estranho como o pai vinha se comportando, que já era comentado pelas pessoas que conviviam com ele, suas chances de conseguir mais poder dentro do grupo eram cada vez menores.

Até onde sabia, Aníbal nunca tinha feito nenhum testamento e ele era, em princípio, seu herdeiro natural. Entretanto, isso poderia mudar de uma hora para outra.

Olavo se manteve calado, aguardando para ver até onde Ricardo queria chegar, embora já começasse a ter uma ideia.

— Por que não damos um jeito de cortar o mal pela raiz?

Olavo coçou a cabeça e permaneceu calado.

— Não me entenda mal. Não sou nenhum monstro mas, sem o velho, poderei ser muito mais útil a vocês.

Vendo que o advogado não dizia nada, Ricardo continuou:

— Sei que vocês tem os contatos necessários. Posso ajudar no que for preciso, mas, para todos os efeitos, não sei de nada.

Com poucas palavras, Olavo disse que ia pensar no assunto e encerrou a reunião.

Quando Ricardo saiu, enquanto tomava um expresso, o advogado pensou no caminho que havia escolhido para trilhar.

Embora habituado a lidar com criminosos, com o lado sombrio da personalidade humana, não era todo dia que aparecia, diante dele, um filho querendo matar o pai.

Lembrou-se de um professor que teve na faculdade, que costumava dizer que noventa e cinco da humanidade não prestam e que os cinco por cento restantes admitia discutir.

Infelizmente, ele fazia parte dos noventa e cinco por cento. Fizera essa opção ainda bastante jovem.

Em seguida, telefonou para Tito e, mesmo usando uma linha que considerava segura, disse-lhe que era melhor conversarem pessoalmente.

* * *

Na primeira reunião de diretoria, com Fábio ocupando a cadeira de presidente, Aníbal fez questão que Ricardo estivesse presente.

Queria ver a reação dele.

Após explicar que iria se ausentar da vida profissional por tempo indeterminado, devido a motivos inteiramente pessoais, disse que o Grupo Cavalcanti, daquele momento em diante, iria investir em obras sociais que se destinariam a beneficiar pessoas de baixa renda. A primeira delas seria a construção de uma creche, que teria como diretora médica Gabriela, sua enteada.

Caberia, portanto, à diretoria decidir quem se encarregaria da parte financeira, para que o hospital tivesse condições de estar bem equipado e para que os profissionais contratados tivessem uma remuneração digna.

Em seguida, Fábio se encarregou de discutir os assuntos da pauta. O mais importante deles era o projeto para a construção das casas de veraneio na Região dos Lagos.

Quando a reunião terminou, notando o desconforto do filho, Aníbal chamou-o até a sua sala.

Essa não! – pensou Ricardo, resignando-se a acompanhá-lo.

Considerando que ainda não era o momento de confrontá-lo, Aníbal disse que gostaria de saber a opinião dele sobre os assuntos que tinham acabado de ser debatidos.

Depois de uma hesitação inicial, Ricardo disse que já imaginava que Fábio iria sucedê-lo na presidência do grupo e queixou-se de que, embora sendo o herdeiro natural, nunca teve as mesmas chances.

Aníbal percebeu que o filho não tinha feito a barba, esperou alguns segundos e disse:

— Você tem certa razão em relação a isso. Durante todos esses anos, o Fábio sempre esteve muito mais próximo de mim do que você.

— Nem parece que sou seu filho.

Coçando a cabeça, Aníbal pensou se fez bem em puxar aquela conversa.

— Vamos ter que resolver essa questão, tanto no plano pessoal como no plano profissional.

Ricardo se exaltou:

— Como assim, no plano pessoal? Fora do trabalho, somos quase dois estranhos. Nem no Natal a gente se vê mais.

Aníbal permaneceu calado.

— Qual é o contato que você tem comigo ou com a minha mulher?

— Nunca fui um bom pai para você. Tenho consciência disso.

— Se você quer me afastar do Grupo, é bom falar logo.

— Vamos com calma. Preciso de um tempo para decidir o que fazer.

Aníbal levantou-se e, colocando a mão no ombro do filho, perguntou:

— Você tem alguma coisa para me contar?

Contar dos desfalques? Falar que minha vida seria melhor se você não existisse?

Aníbal continuou:

— Nunca vou esquecer que você é meu filho. E um pai pode sempre perdoar, não se esqueça disso.

Será que ele já sabe de tudo?

— Faz pouco tempo que descobri a força do vínculo entre pai e filho.

— Está me acusando de alguma coisa?

— Não estou te acusando de nada. Só quero saber se ainda é possível a gente se entender. O que vivemos até agora não ajuda, eu sei, mas talvez a gente possa mudar isso.

Ricardo abaixou a cabeça e teve vontade de chorar. Chorar de ódio, de raiva, de arrependimento, de tanta coisa...

— Se você se sente derrotado como filho, tenho o mesmo sentimento como pai.

Nesse momento, o telefone tocou. Fábio necessitava da assinatura de Aníbal em alguns documentos.

Encerrando a conversa, Aníbal disse que estava disposto a tentar uma reaproximação com o filho, mas precisava da ajuda dele.

Talvez pela primeira vez em sua vida, Ricardo notou que seu pai estava preocupado com ele e esse sentimento era totalmente novo.

Saiu sem dizer uma palavra, de cabeça baixa, sentido-se ainda mais confuso do que quando entrou no escritório do pai.

* * *

Chegando em casa, Ricardo apressou-se em contar a Rosana o que tinha ocorrido.

Vendo que o marido parecia ter gostado do fato de Aníbal ter mostrado algum interesse por ele, tratou logo de trazê-lo de volta à realidade.

— Não vai me dizer que você acreditou no que o velho disse!

Ricardo permaneceu calado.

— Preciso te lembrar quem é o teu pai?

Ele fez que não com a cabeça.

— Se ele já deu a entender que Fábio vai ser o sucessor dele, não tenha dúvida que o próximo passo vai ser afastar você do Grupo.

— Isso eu não sei.

— Não sabe? Não seja tão idiota. Vocês nunca foram próximos e isso não vai mudar agora.

— Não sei o que fazer.

— Sua única chance de reverter essa situação seria se o velho morresse ou se desse tua parte na herança agora.

— Não posso tocar nesse assunto com ele. Não é o momento.

Rosana deixou Ricardo sentado na sala de estar e foi à cozinha preparar um café.

Quando voltou, encontrou o marido de cabeça baixa, com um ar derrotado.

Aproximou-se dele e afagou seus cabelos.

— Tenho medo de ele ter descoberto o que andei aprontando.

— Calma. Não vá se precipitar.

Rosana pousou a xícara na mesinha de centro.

— Pensando bem, se você acha mesmo que ele não vai te adiantar a parte na herança, temos que agir. Quanto mais o tempo passar, pior para nós.

— Fale com os seus amigos — disse ela.

— Já falei.

— E então?

— Estou aguardando uma resposta.

— Esses caras são profissionais, não são?

Ricardo assentiu.

— Já está mesmo na hora da nossa vida melhorar — disse ela.

— Também acho — disse ele abraçando a mulher.

***

Os preparativos para a viagem estavam prontos. Faltavam, apenas, dez dias.

Aníbal, demonstrando estar mais ansioso que Isabel, deixou a cargo da sua secretária pessoal as reservas nos hotéis, nas pousadas e nos restaurantes.

Taddeo contratou um motorista que iria acompanhá-los durante toda a viagem, que começaria em Roma e terminaria em Veneza.

Na tarde de uma quinta-feira chuvosa, dessas que costumam encobrir a estátua do Cristo Redentor, Aníbal telefonou para Cristina, o que vinha fazendo com certa frequência.

Queria saber de Antônio.

O estado e a vida dele continuavam inalterados.

Cristina comentou que o tal médico aposentado de São Paulo, que havia se tornado monge budista, iria até o spa dar uma palestra no próximo fim de semana.

— Você se anima a aparecer?

— Bem que eu gostaria, mas a viagem está muito próxima. Tenho que deixar tudo mais ou menos resolvido...

— Você é que sabe. Vai ser das dez ao meio-dia. Você pode voltar para o Rio logo depois.

— O Taddeo e a Cecília vão?

— Eles já assistiram ao Dr. Gustavo Brigante falar algumas vezes e adoraram. Tenho certeza de que não vão perder essa.

— Vamos ver. Vou pensar.

Ao desligar o telefone, Aníbal sentiu-se realmente tentado a dar uma escapada a Paraíba do Sul, no fim de semana.

Não que estivesse interessado no budismo, mas a ideia de estar próximo ao filho adormecido lhe era agradável. Na verdade, passou a gostar daquele ambiente que o cercava, tão diferente daqueles que estava habituado a frequentar.

Lembrou-se de que, exatamente naquele fim de semana, Raimundo tinha pedido para ser dispensado. A mãe dele ia ser operada e ele queria lhe fazer companhia.

Até que vai ser bom pegar a estrada no sábado de manhã sozinho — pensou ele.

* * *

Enquanto isso, Olavo recebia Tito no seu escritório.

O motivo da reunião, como não poderia deixar de ser, era a proposta de Ricardo.

A ideia de usar o Grupo Cavalcanti em um gigantesco esquema de lavagem de dinheiro era sedutora, e tirar Aníbal do caminho não seria tarefa das mais difíceis.

O problema era até que ponto poderiam confiar em Ricardo, mas resolveram se preocupar com isso mais adiante.

Chegaram à conclusão, naquele momento, de que poderia ser vantajoso eliminar Aníbal.

Com ele fora do caminho, Ricardo não perderia o seu posto. E, considerando a situação atual, isso era só questão de tempo.

Tito perguntou a Olavo se ele pensava em colocar Ricardo na direção do grupo.

Ele disse que não. Bastava que ele continuasse presente, exatamente onde estava, sabendo usar as pessoas certas.

— Com o velho fora do caminho, quem sabe a gente não consegue colocar gente nossa lá dentro? — disse Tito, sem levar em conta o fato de que era mais velho do que Aníbal.

Olavo balançou a cabeça, dando a entender que gostara da ideia.

— Tem uma coisa que está martelando a minha cabeça — disse Tito.

— Qual?

— Pelo que o Ricardo disse, o que poderia ter feito o velho mudar de comportamento?

— Boa pergunta.

— Será que ele está perdendo o juízo?

— A gente podia investigar.

— Acho bom.

— Vou falar com o Djalma — disse Olavo, referindo-se a um investigador particular que trabalhava para eles havia muito tempo.

— Mais uma coisa. Esse assunto é sério. Deixe o Fantasma de sobreaviso.

Olavo assentiu.

— Qual foi mesmo o último serviço que ele fez para nós?

— Ele apagou aquele nosso desafeto quando saía do banco no centro da cidade. Fez parecer que foi assalto, lembra?

— Lembro. O cara é bom no que faz — disse Tito sorrindo, deixando à mostra a coleção de dentes amarelados de nicotina.

— Posso deixar contigo?

Ajeitando o nó da gravata que pendia muito abaixo da altura do cinto, Olavo disse:

— Vou cuidar dos dois assuntos.

* * *

O Fantasma era um assassino profissional que vivia no interior de São Paulo e que só era chamado em casos especiais, que requeriam uma eficiência absoluta, até pelo preço que cobrava.

Magro, quase esquelético, de cabelos ruivos e com óculos redondos de professor, Karl Brandt, vivia em um pequeno sítio e, quando não estava viajando a trabalho, gostava de cuidar dos seus pássaros, de ler e de ouvir música clássica.

Embora de temperamento arredio, o Seu Carlos, como era conhecido, era gentil com os vizinhos e jamais se esquivava de participar de alguma atividade comunitária.

Quando recebeu o telefonema de Olavo, pediu o prazo habitual de quinze dias para estudar os hábitos da vítima e mais trinta para concluir o serviço.

Após desligar o telefone, entrou no site do Teatro Municipal do Rio de Janeiro para checar os espetáculos de música clássica que seriam apresentados no período em que ele estivesse por lá.

Gostou de ver que a orquestra sinfônica de Viena, sua cidade natal, estaria se apresentando naquele período.

Que ótimo! Um pouco de diversão não faz mal a ninguém...

Agora, tudo o que tinha a fazer era esperar as informações que Olavo lhe enviaria sobre o próximo contrato.

* * *

Naquele sábado, Aníbal acordou mais cedo do que costumava. O relógio marcava 5h.

Levantou-se sem fazer barulho para não acordar Isabel, mas, quando acendeu a luz do banheiro, ela despertou.

Tomaram café com calma, conversaram um pouco sobre as manchetes do jornal, e acabaram voltando a falar da viagem à Itália.

Isabel disse que já tinha uma dica imperdível em Veneza, o restaurante Da Ivo. Uma amiga da academia de ginástica lhe disse que a comida era maravilhosa e, como ficava à beira de um canal, poderiam ir de gôndola. Além disso, era frequentado por astros de Holywood. Essa amiga dela, que tinha jantado lá há um mês, quando estava saindo, viu o Jack Nicholson chegando.

— Já pensou se a gente encontra o Al Pacino ou o Robert de Niro?

A imaginação dela divertia Aníbal.

— Tem mais uma coisa — disse ela.

— Pode falar.

— O que você acha de aproveitarmos a ocasião para conhecer a Turquia?

— Por que a Turquia? — indagou Aníbal abrindo os braços.
— Para dar um toque mais exótico à viagem.
Aníbal olhou para a mulher e coçou a cabeça.
As mulheres sempre gostam de inventar moda...
— Dizem que Istambul é uma cidade linda. E você, que é super-ligado à Itália, vai poder ver ruínas do tempo do Império Romano. Se você se animar, podemos ir até a Capadócia.

Com cara de quem nunca tinha ouvido falar naqele lugar, Aníbal perguntou de modo direto:
— É longe de Istambul?
— Não sei, mas posso pesquisar.
— E o que tem lá de interessante?
— Já li, em uma revista, que a gente pode fazer um passeio de balão maravilhoso para ver as cavernas esculpidas na terra. Dizem que é uma paisagem diferente de tudo que a gente conhece, que parece até o cenário de um filme de ficção científica.

Coçando a cabeça, Aníbal perguntou:
— E você acha que eu vou subir em um balão?
— Do jeito que você mudou, acho que sim. E digo mais: vai adorar.

Isabel levantou-se da cadeira e deu um beijo no marido.

Vendo que os olhos dela brilhavam, Aníbal se deu conta de algo que começava a lhe parecer familiar, uma sensação agradável, uma misteriosa alegria por fazer algo de bom por alguém próximo a ele.

Chegou a pensar em voltar para a cama com ela, mas resolveu pegar logo a estrada.

Seria uma boa oportunidade de ficar sozinho com seus pensamentos.

Ela insistiu em acompanhá-lo, mas ele recusou.

—Você promete me levar na próxima vez?

— Prometo.

Quando ligou o motor do carro, que Raimundo tinha deixado de frente para a porta da garagem da bela casa no Jardim Pernambuco, Aníbal se deu conta de que estava chegando o momento de contar a Isabel sobre o reencontro com Cristina e sobre a existência de Antônio. Tudo o que tinha a fazer era escolher a ocasião apropriada.

O Audi azul-marinho cruzou o canal e seguiu pela Avenida Visconde de Albuquerque, em direção ao Jardim Botânico, mas teve que parar no sinal da esquina da Avenida Lagoa-Barra, que estava fechado.

Ao ver um rapaz sem pernas, que se movimentava sobre um skate pedindo esmolas, Aníbal levou a mão direita ao bolso interno do casaco e se deu conta de que tinha esquecido a carteira e os documentos em casa.

Soltou o cinto de segurança e abriu o porta-luvas para ver se encontrava algum trocado para dar para o rapaz. Nada.

Resolveu voltar à casa para pegar a carteira e os documentos. Poderia ter dobrado à direita, para voltar pela Rua Dias Ferreira, ou seguir em frente e retornar pela mesma Avenida Visconde de Albuquerque.

Preferiu a segunda opção. Ao passar novamente pelo cruzamento com a Lagoa-Barra não precisou parar, já que o sinal estava aberto.

Foi nesse instante que a mão do destino, mais uma vez, interferiu de maneira drástica em sua vida.

O Land Rover que avançou o sinal atingiu o carro de Aníbal com tal violência que o fez capotar duas vezes e, por pouco, não parar no fundo do canal da avenida.

O fato de não ter colocado o cinto de segurança fez com que o traumatismo craniano fosse de grande intensidade, provocando hemorragia cerebral. O que também pesou para aumentar a gravidade do caso foi a condição de o carro ser blindado, o que fez com que os bombeiros demorassem quase uma hora para resgatá-lo.

Chegando ao Pronto-Socorro em coma, Aníbal foi imediatamente levado para o CTI.

Logo que foi informada do que tinha ocorrido, Isabel avisou ao Glauco e ao Dr. Novelli, que foram imediatamente para o Hospital Miguel Couto.

O motorista do Land Rover voltava de uma balada completamente bêbado, tinha acabado de deixar a namorada em S. Conrado e dormira ao volante.

Filho de um empresário capixaba, que bancava sua vida de playboy no Rio, o jovem de vinte e cinco anos teve sorte de estar usando o cinto de segurança e sofreu algumas escoriações, um pequeno corte no supercílio direito e uma fratura na perna esquerda.

Novelli disse a Glauco que gostaria de providenciar uma ambulância – CTI para transportar Aníbal à Clínica São Vicente na Gávea, onde costumava internar seus pacientes, a fim de que fosse logo submetido aos exames necessários para avaliar a extensão do trauma que havia sofrido.

No início da tarde, Aníbal foi submetido a uma angio-ressonância magnética que mostrou que a hemorragia tinha sido bem maior do que se imaginara inicialmente.

Tentando dar um tom menos solene à ocasião, Novelli chamou Isabel e Glauco para tomar um café na cantina. Gabriela fez questão de estar presente.

O neurologista explicou que a parte do cérebro mais comprometida tinha sido o lobo frontal direito, que possui sistemas redundantes, o que poderia facilitar a recuperação.

Entretanto, levando em conta que o funcionamento do sistema nervoso central ainda é um mistério para a medicina, disse que eles teriam que ter paciência. Tudo o que podiam fazer, naquele momento, era aguardar. E rezar para que ele reagisse.

Isabel perguntou se podia vê-lo, mas o médico disse que o momento não era apropriado e pediu que ela aguardasse um pouco.

Recomendou que fossem para casa e comprometeu-se a mantê-los informados sobre o estado de saúde de Aníbal.

Voltando-se para Gabriela, disse-lhe que poderia vê-lo no CTI. Afinal, ela era médica.

Após um momento de hesitação, já que frequentar centros de terapia intensiva não fazia parte da sua rotina profissional, resolveu aceitar o convite.

Depois de vestir um avental por cima da roupa do corpo e colocar máscara e gorro cirúrgicos, Gabriela entrou naquele ambiente frio, onde as pessoas que ali trabalhavam eram minoria em meio a tantos equipamentos, tubos e fios.

Quando se aproximou do leito número cinco, reconheceu Aníbal, apesar do rosto bastante inchado e de estar entubado e com medicações venosas.

Apesar de ainda muito jovem, sabia que estava diante de uma situação na qual a ciência vai até o seu limite, e é preciso aguardar que a decisão venha de um plano superior, ao qual a condição humana não tem acesso.

Frequentadora assídua das missas de domingo na Igreja Nossa Senhora da Paz, aprendera com o Padre Jorjão a força que tem a oração.

Rezou um Pai Nosso, uma Ave Maria e um Santo Anjo do Senhor, pedindo a Deus que Aníbal se recuperasse.

* * *

O acidente de Aníbal foi o assunto da segunda-feira no Grupo Cavalcanti.

O comentário geral foi que, diante do afastamento dele por tempo indeterminado, a posição de Fábio estava consolidada.

E isso era motivo de alegria geral.

Fábio, além de ser ótimo administrador e de possuir capacidade de liderança, era carismático, simpático e acessível, ao contrário de Aníbal.

Glauco se reuniu com o filho logo pela manhã e o aconselhou a seguir o cronograma que haviam traçado, tanto no que dizia respeito aos empreendimentos imobiliários como aos projetos sociais, começando pela creche pela qual Aníbal demonstrara grande entusiasmo.

Em relação à creche, disse-lhe que mantivesse Gabriela a par de todos os detalhes.

Aníbal iria gostar disso.

Em seguida, telefonou para Cristina e lhe contou sobre o acidente.

Depois de resolver os assuntos mais urgentes, foi para a clínica saber notícias de Aníbal.

Ricardo resolveu não ir trabalhar.

Ficou em casa conversando com Rosana.

Na opinião dele, se o pai morresse, sua vida estaria resolvida.

Bastava receber a sua parte da herança.

Chegaram à conclusão de que deveriam ficar quietos e não fazer bobagem.

Diante da incerteza do momento em que estavam vivendo, Rosana propôs ao marido que fosse fazer uma visita a Glauco.

Ricardo fez uma cara de surpresa.

— Por quê? Aquele puxa-saco não manda nada. Quem está no comando é o filho dele. Esqueceu?

— Claro que não. Mas o Glauco sempre foi a pessoa mais chegada ao seu pai. Você pode sacar alguma coisa importante falando com ele.

— Será?

—Vá por mim. Não custa nada. Fale da conversa que vocês tiveram, daquele papo dele da força do vínculo entre pai e filho, da possibilidade que ele abriu de vocês se entenderem.

Ricardo achou que ela tinha razão.

— Mas presta bastante atenção no que vou te dizer: procura escutar mais do que falar. E não vá se destemperar. Mantenha a calma e veja qual vai ser a reação dele.

—Tá bom. Deixa comigo.

Enquanto trocavam um olhar de conivência, pensaram a mesma coisa:

Tomara que o velho bata logo as botas. Já vai tarde.

***

Aníbal permaneceu no CTI por duas semanas.

Logo que as condições clínicas melhoraram, foi transferido para um quarto, onde Isabel lhe fez companhia dia e noite, ajudada por Gabriela e por Glauco, que ficaram impressionados com a dedicação dela.

Em uma tarde de sábado, quando Gabriela abriu delicadamente a porta do quarto de Aníbal, viu a mãe com uma expressão de tristeza e teve a impressão que havia lágrimas em seus olhos.

Deu um beijo no rosto dela e sentou-se ao seu lado, segurando sua mão.

— O que é isso, D. Isabel? Tristeza não combina com você — disse em tom de brincadeira.

— Sabe, nunca tinha me dado conta de quanto o Aníbal é importante para mim.

Gabriela deixou que ela continuasse a falar.

— Por mais que ele tenha vivido quase que exclusivamente para o trabalho, para os negócios e nunca tenha sido muito romântico, sempre pude contar com ele, sempre senti a presença dele. E sempre gostei da nossa vida juntos.

Isabel fez uma pausa e tirou um maço de cigarros da bolsa.

Gabriela ameaçou fazer uma cara de reprovação, mas ela a interrompeu:

— Por favor, minha filha. Hoje eu preciso, de verdade, fumar um cigarro.

Com o maço na mão, Isabel continuou:

— Logo agora que ele estava tão mudado a ponto de concordar, até mesmo, em viajar, acontece isso.

Fã dos filmes de Woody Allen, Gabriela, nesse momento, lembrou-se de *Crimes e Pecados*, onde um personagem, um professor de filosofia já idoso, diz que, quando defrontamos com determinados acontecimentos que nos pegam de surpresa, às vezes de forma até covarde, ou testemunhamos uma pessoa querida passar por algo que nos parece inteiramente injusto, chegamos a pensar que a felicidade não foi incluída no script da humanidade.

Voltando a olhar para a mãe, Gabriela disse:

— Acho que você tem razão. Vá até a cantina e fume o seu cigarro com calma. Eu fico aqui com ele.

Quando Isabel voltou, exibindo uma expressão mais tranquila, Gabriela lhe perguntou se ela fazia alguma ideia do que havia motivado aquela mudança tão grande no comportamento de Aníbal.

Ela disse que não, mas que suspeitava que tinha a ver com as idas frequentes a Paraíba do Sul.

— Por que você não conversa com o Glauco? Ele sabe tudo da vida do Aníbal.

— Pode ser. Mas não sei se ele vai me contar. Deve haver um código de sigilo entre eles.

— Tudo bem, mas temos que ser realistas. Aníbal está inconsciente e não sabemos o que vai acontecer.

— Você está pessimista em relação à recuperação dele?

— Não, pelo contrário. Mas ele pode ficar com sequelas. E você é a mulher dele. Tem direito de saber a verdade.

— Você podia me ajudar nisso. O Glauco sabe que o Aníbal gosta muito de você.

— Quer que eu fale com ele?

— Quero.

— Tá bom. Vou falar.

***

Quando Glauco desligou o telefone após falar com Gabriela e combinar um almoço para o dia seguinte, lembrou-se de Cristina e, só então, se deu conta de que não tinha voltado a falar com ela desde que lhe contara sobre o acidente.

Pensou em lhe telefonar novamente, mas estava com o dia tomado por sucessivas reuniões e decidiu que seria melhor lhe falar pessoalmente.

Talvez no fim de semana.

Era nisso que pensava quando sua secretária anunciou que Ricardo queria falar com ele.

Glauco coçou a cabeça, demonstrando desconforto.

Essa não!

Ricardo entrou na sala e foi logo se sentando, sem mesmo se dar o trabalho de apertar a mão de Glauco.

Tentando se esquivar da irritação que ameaçava acertá-lo em cheio, Glauco perguntou de maneira bem direta:

— Qual é o assunto da conversa?

— Quero saber como fica a minha situação com o velho no hospital.

Glauco tirou os óculos e colocou-os sobre a mesa.

— Você sabe muito bem que seu pai deixou o Fábio no comando. Por que você não fala com ele?

— Dá no mesmo. Não vou ficar fazendo papel de figurante para sempre. Diga isso ao seu filho. Também tenho alguns projetos a desenvolver.

— Qualquer projeto depende do parecer da diretoria. Basta submetê-lo à aprovação.

— Na última conversa que tivemos, ele se mostrou bastante aberto a melhorar a minha situação aqui no grupo. Ele não te contou?

Glauco fez que não com a cabeça e começou a se perguntar aonde ele estava querendo chegar com aquela conversa.

Levantando-se da cadeira, Glauco disse:
— Não estou sabendo de nada. De qualquer maneira, teremos uma reunião da diretoria na próxima semana, e você poderá expor os seus projetos. Agora, se você me dá licença, tenho outros assuntos para resolver.

Ricardo não gostou daquela atitude e, mais uma vez, deixou que o seu lado ameaçador se manifestasse:
—Talvez não seja tão fácil para você e para o seu filho continuarem enrolando o velho. Posso ser uma pedra na chuteira de vocês.

Quando fechou a porta, Glauco se sentiu tonto.

Com o passar do tempo, sentia claramente que a aversão que tinha por Ricardo só fazia aumentar. Parecia que a presença dele era suficiente para envenenar o ar que respirava.

* * *

A Rua Dias Ferreira, no Leblon, era uma das preferidas de Gabriela.

Mesmo não tendo nenhuma das lojas de roupa feminina de que gostava, tinha, na opinião dela, um clima bom, um movimento animado de pessoas entrando e saindo dos restaurantes.

E foi em um desses restaurantes, com uma varanda aberta, que ela e Glauco se encontraram para almoçar.

A admiração e o carinho que Aníbal tinha por ela era partilhada por Glauco, que chegava até a imaginá-la como sua nora.

Nas poucas ocasiões em que a viu conversando com Fábio, sentiu que poderia haver algo mais que uma simples amizade entre eles.

Por que não? Todo pai quer ver o filho bem casado.

Com um atraso de dez minutos, Gabriela chegou e foi logo querendo saber como andavam as obras da creche.

Glauco disse que o cronograma estava correndo conforme fora previsto e que seria bom ela dar um pulo com ele até o local para ver com os seus próprios olhos.

— Afinal, você será a diretora.

Gabriela sorriu.

— Preciso me acostumar com a ideia.

Nesse momento, foram interrompidos pelo garçom que chegou para tirar os pedidos.

Habituada a frequentar o restaurante, a jovem pediu um espaguete com rúcula e sugeriu que Glauco pedisse o mesmo prato.

— Você vai gostar. Eles preparam a massa bem *al dente*.

Sentindo-se tentado, Glauco, que vivia de dieta, resistiu e pediu um peixe com legumes.

Após desdobrar o guardanapo e colocá-lo sobre o colo, Gabriela pediu-lhe que fosse sincero com ela e lhe contasse o que motivara a mudança no comportamento do padastro, nos últimos meses.

O braço direito de Aníbal passou a mão nos cabelos grisalhos, ajeitou-se na cadeira e disse:

— Não imaginava que fosse você a tocar nesse assunto. Achei que seria a sua mãe.

— Você não acha que temos o direito de saber, ainda mais com o Aníbal nesse estado?

— Acho. Na verdade, ele só estava esperando o momento certo para contar tudo à Isabel.

— Mas o acidente veio antes, não é mesmo?

Glauco respirou fundo.

— Ele descobriu que tem um filho de uma antiga namorada em Paraíba do Sul.

— Jura?

— Só que o rapaz está em coma há alguns anos, em consequência de uma cirurgia para retirar um tumor cerebral.

Agora foi Gabriela que coçou a cabeça.

— Aníbal ficou muito impressionado com a dedicação que a mãe, que se chama Cristina, cuida dele.

Nesse momento, o celular de Gabriela tocou. Ela não reconheceu o número e não atendeu.

Glauco continuou:

— Pelo que eu entendi, tanto o rapaz, como a mãe, sabiam que a operação era arriscada e que havia a possibilidade dele entrar em coma ou, até mesmo, de morrer. E ela prometeu que ficaria sempre ao lado dele, não importando o que acontecesse. E tem cumprido a promessa à risca.

— Mulher de fibra!

— Há também o fato de ela nunca tê-lo procurado para falar desse filho, ou para pedir dinheiro ou tentar tirar nenhum tipo de vantagem da situação.

— E por que não?

— Acho que ela ficou grávida depois de um breve reencontro que eles tiveram quando Aníbal ainda estava no primeiro casamento. Talvez por isso ela tenha decidido criá-lo sozinha e parece que se saiu muito bem. O Aníbal me contou que o rapaz era boa pessoa e que estava terminando a faculdade de Direito.

— Do jeito que o comportamento dele mudou, eu tinha ideia que tinha levado uma sacudida, mas não imaginava que tivesse sido tão forte. Como é o nome do rapaz?

— Antônio.

— Gosto desse nome.

— Você não imagina o que foi para o Aníbal descobrir a existência desse filho que ele nunca conheceu; logo ele, que sempre se considerou um fracassado com relação ao Ricardo...

— Talvez o Antônio tenha muito mais a ver com ele...

Glauco abriu os braços dando a entender que concordava com ela.

— Pode ser que ele também veja o Fábio um pouco como filho, já que é ele quem vai presidir o Grupo daqui em diante.

A menção do nome do filho agradou Glauco, ainda mais vindo de Gabriela.

— Tudo isso fez com que o Aníbal tomasse contato com uma realidade diferente da que ele vivera até então, e ele mudou. Para melhor.

Depois de permanecer em silêncio por alguns instantes, como se estivesse processando as informações que acabara de receber, Gabriela disse:

— Antes de contar isso para a mamãe, quero conhecer a Cristina e o Antônio. Vamos lá amanhã?

O pedido pegou Glauco de surpresa, mas ele sentiu que não tinha outra alternativa senão aceitá-lo.

Chegando ao escritório, telefonou para Cristina e após lhe dar notícias sobre o estado em que Aníbal se encontrava, combinou visitá-la no dia seguinte, acompanhado de Gabriela.

Ao desligar o telefone, Cristina se deixou levar pela imaginação.

Agora, Aníbal também embarcou em um sono que não tem hora para acabar. Como seria bom se ele e o Antônio pudessem se encontrar, se conhecer em uma outra dimensão...

* * *

Glauco jamais poderia imaginar que estava com seu celular grampeado e que Djalma Carneiro, o investigador contratado por Olavo Fontes, ouvia tudo o que ele dizia.

Ex-policial, Djalma se especializou em gravar qualquer tipo de conversa, não somente as telefônicas.

Para conseguir seu objetivo, dispunha de um variado leque de opções, e a escolha da estratégia a ser usada em cada trabalho dependia do número de pessoas envolvidas e da distância que tinha que manter delas.

Com a intuição lapidada por muitos anos de profissão, sentiu que a conversa entre o braço direito de Aníbal Cavalcanti e a enteada dele poderia ser proveitosa.

Sabendo o restaurante e o horário em que se encontrariam, não foi difícil para ele, acompanhado de uma de suas colaboradoras, sentar-se na mesa ao lado.

Um casal na faixa dos sessenta e poucos anos, vestido discretamente, não iria chamar a atenção de ninguém, muito menos de Glauco e de Gabriela.

Usando um gravador de alta sensibilidade em forma de caneta, estrategicamente posicionado sobre a mesa, Djalma gravou toda a conversa.

Naquela mesma tarde, Olavo Fontes e Tito Pereira ficaram sabendo do reencontro de Aníbal com Cristina, da existência de Antônio e do impacto que isso teve na vida do fundador do Grupo Cavalcanti.

O próximo passo de Djalma seria segui-los durante a visita que fariam a Cristina no dia seguinte.

* * *

Gabriela e Glauco, com Raimundo ao volante, não perceberam que foram seguidos por um Corolla preto, com vidros escuros, durante todo o trajeto até Paraíba do Sul.

Eram quase onze horas da manhã quando chegaram à casa de Cristina, que, embora preocupada com Aníbal, recebeu-os com uma expressão acolhedora.

Após conversarem durante quase uma hora na varanda, Glauco foi até a fazenda de Taddeo, que o aguardava para almoçar.

Enquanto Cristina acompanhava Glauco até o carro, Gabriela caminhou um pouco pelo jardim.

Quando voltou, encontrou a moça molhando as mãos na fonte.

— Não sei se o Aníbal gosta mais dessa fonte ou da inscrição.

— Você é budista?

Cristina fez que sim.

— Então, você acredita em reencarnação?

— Como acredito no sol.

Gabriela gostou da resposta.

— Seria difícil aceitar a vida de outro modo.

— Já li alguns livros do Deepak Chopra. Acho legal essa mescla que ele faz da antiga medicina indiana com a medicina moderna. E ele costuma falar de reencarnação, de budismo, da filosofia oriental. Me dá vontade de conhecer mais.

— Por que você não faz um workshop com ele? Tenho uma amiga que já fez três e ficou encantada.

— Boa ideia. Nunca tinha pensado nisso.

— O Aníbal já tinha me falado de você.

— Espero que bem.

— Pude notar que, além de afeição, ele tem respeito por você.

— Sempre nos demos bem, mas reconheço que ele não é uma pessoa fácil.

— Posso imaginar.

— Se bem que, ultimamente, ele tinha mudado muito. E, pelo que o Glauco me contou, você foi a grande responsável.

— Eu não diria isso. Acho que eu desempenhei meu papel em um plano orquestrado por um desígnio superior, que o obrigou a reformular a sua vida. E pelo que eu pude perceber, já estava na hora.

— Posso ver o Antônio?

— Claro. Vamos lá.

Entrando no quarto, Gabriela não sabia se olhava para o jovem que dormia ou para os posters e as fotos que coloriam o ambiente.

Pegando na mão do filho, Cristina disse que ele tinha visita e lhe apresentou a médica.

— Trate de causar uma boa impressão — disse a ele, piscando o olho para Gabriela.

A jovem se aproximou, tocou a testa do rapaz e, instintivamente, levou a mão ao seu pulso, para verificar a frequência cardíaca.

Vendo que Cristina a observava, absteve-se de fazê-lo, um tanto envergonhada.

— É fogo. O lado médico sempre fala mais alto...

— Você tem muita sorte de ter descoberto e de ter seguido a sua verdadeira vocação. A maioria das pessoas, infelizmente, não faz isso e acaba se frustrando.

— É uma pena. Não se pode desperdiçar a vida...

Nesse momento, Janete entrou no quarto para dizer que o Dr. Belmiro tinha chegado e queria saber se poderia ler na companhia de Antônio, com fazia habitualmente, duas ou três vezes por semana.

Cristina disse que podia entrar e explicou a Gabriela, como já havia feito com Aníbal, que se tratava de um professor de Direito aposentado, que tinha perdido a voz depois de sofrer um derrame e que gostava de ler na companhia de Antônio, desfrutando da calma, da serenidade do ambiente.

Quando o professor chegou e cumprimentou as duas, Cristina notou que o livro que ele trazia, embora também grosso, tinha uma capa mais colorida do que os tratados de Direito que se habituara a ver nas mãos dele.

Perguntou se podia vê-lo.

O professor lhe mostrou *Queda de Gigantes*, de Ken Follet.

Cristina ficou surpresa ao ver o Dr. Belmiro lendo um romance e fez um sinal de positivo com o polegar da mão direita.

O sábio professor lhe disse, usando a liguagem das mãos, que, de vez em quando, é preciso variar, mesmo que seja o interesse literário.

Cristina concordou.

Enquanto o Dr. Belmiro se instalava confortavelmente na cadeira de balanço, Cristina e Gabriela voltaram à varanda, onde Janete havia colocado uma bandeja com duas xícaras de água quente e diferentes tipos de chá sobre a mesa com tampo de vidro.

—Você me acompanha ou prefere um café? — perguntou Cristina.

—Adoro chá.

— Pode escolher.

—A maioria desses eu não conheço.

Apontando para um pacote verde, Cristina disse:
— Experimente esse. É um chá de ninho de passarinho feito na Tailândia. É ótimo para a pele e para a circulação. E o sabor também é bom, claro!

As duas riram.

A jovem mergulhou o sachê na água e se distraiu, com a coloração âmbar que se tornava cada vez mais forte. A pergunta de Cristina trouxe-a de volta ao momento presente:
— Por que você escolheu ser pediatra?
— Na verdade, sempre gostei de crianças, mas, por outro lado, sempre me preocupei com a situação do mundo atual, com toda essa violência, com o crescimento exagerado da população, com o desrespeito ao meio ambiente, essas coisas. E isso me faz temer pelo futuro delas.

Depois de fazer uma pausa para tomar um pouco mais do chá, Gabriela continuou:
— Até o dia em que o Aníbal reuniu um grupo de médicos, amigos dele, lá em casa e eu puxei esse assunto com o Dr. Felipe Sater, que foi meu professor na Faculdade e sempre me encorajou a ser pediatra. Ele disse que, todo dia, eu deveria telefonar para as maternidades do Rio de Janeiro para saber se continuavam nascendo crianças.
— Por quê?
— Na opinião dele, enquanto as crianças continuarem nascendo, o mundo tem esperança.
— Concordo. E o nosso planeta já enfrentou outros momentos difíceis e conseguiu se salvar. É preciso ter fé.

Agora foi a vez de Cristina levar a xícara à boca.

Ainda sentindo o sabor de gengibre, perguntou a Gabriela:

—Você já ouviu falar em reencontros cármicos?

— Não.

— É o que acontece quando acabamos de ser apresentados a alguém e temos a sensação de que já conhecemos aquela pessoa há muito tempo.

— Se você está falando de mim, só posso dizer que sinto o mesmo em relação a você. E imagino como o seu reencontro com o Aníbal foi importante para ele.

—Você acha mesmo?

— O Glauco já tinha me falado da promessa que você fez ao Antônio, da dedicação com que você cuida dele, mas ver isso de perto superou qualquer expectativa que eu pudesse ter.

— Sabe, eu já fui jovem, idealista e preocupada com a situação mundial, exatamente como você. Quando reencontrei o Aníbal há trinta anos, aqui em Paraíba do Sul, eu disse a ele que tinha ganho uma bolsa de estudos e que iria morar nos Estados Unidos durante algum tempo.

— Foi quando você engravidou?

— Foi.

— E você acabou não indo.

—A gravidez fez com que eu mudasse meus planos, é verdade, mas eu tinha mentido para o Aníbal.

— Como assim?

— Na verdade, eu estava indo para a Argélia, para trabalhar com um grupo de padres católicos, que viviam em um pequeno mosteiro, em perfeita harmonia com um povoado muçulmano. Como ele sempre desdenhou um pouco do meu lado ingênuo, que incluía acreditar na coexistência pacífica de religiões diferentes , fiquei com vergonha de contar para ele.

— Entendo.

— Mas o que vou te revelar, agora, nunca contei para ninguém.

Gabriela estava curiosa.

— Um grupo islâmico começou a praticar vários atos terroristas naquela região e, em um deles, os dez monges e as oito pessoas que trabalhavam no mosteiro foram assassinadas, exatamente no período em que eu deveria estar lá.

— O quê?

— É isso. Meu filho salvou a minha vida.

— Incrível!

— E o Aníbal não sabe disso?

— Nunca contei a ele.

— Quando estávamos conversando no quarto do Antônio, ainda há pouco, você disse que a vida não é para ser desperdiçada e você tinha razão. Mas eu poderia ter morrido, ainda jovem, com a melhor das intenções.

Depois de respirar fundo, Cristina continuou:

— A verdade é que a vida não para de nos surpreender, e o acaso tem mais influência no nosso destino do que costumamos imaginar.

— Isso me lembra um texto que eu sempre carrego comigo.

Gabriela abriu a bolsa, tirou da sua agenda um santinho que havia ganho na missa de sétimo dia da avó de uma colega da faculdade e o entregou a Cristina.

Aceita as surpresas que transformam teus planos,
derrubam teus sonhos, dão rumo totalmente diverso
ao teu dia e, quem sabe, à tua vida.
Não há acaso.
Dá liberdade ao Pai para que Ele mesmo conduza
a trama dos teus dias.

Cristina sentiu as lágrimas chegarem aos olhos sem aviso, à medida que lia o texto de D. Hélder Câmara.

— Que lindo!

Segurando as mãos de Cristina, Gabriela disse:

— O pouco, ou muito, que conheço da sua vida daria um livro.

— Quem sabe?

Nesse momento, foram interrompidas por Glauco, que voltava do almoço com Taddeo e Cecília.

— E, então, vamos embora? Não quero pegar a estrada de noite — disse ele, dirigindo-se a Gabriela.

Enxugando os olhos, Cristina brincou:

— Logo agora, que a conversa estava ficando boa...

Glauco disse a Gabriela que poderia ficar; e pediria a Raimundo que viesse buscá-la na manhã seguinte.

Mesmo sentindo-se tentada, a jovem recusou, pensando nos compromissos que a aguardavam no Rio. Além disso, queria falar com Isabel do encontro com Cristina.

As duas mulheres se despediram com a certeza de que uma longa amizade as aguardava daquele momento em diante.

— Adorei te conhecer — disse Cristina.

— Eu também. Agora entendo a mudança do Aníbal. Você não é só uma mãe dedicada. É uma pessoa especial, única.

Cristina acompanhou o carro sumir na distância e entrou em casa sorrindo. O contato com Gabriela havia lhe feito bem.

Do carro, Gabriela telefonou para Isabel e combinou passar no hospital na manhã seguinte para lhe contar as novidades.

* * *

Assim que acordou, Isabel pensou na filha. Estava ansiosa para saber o que tinha acontecido em Paraíba do Sul.

Depois, se deu conta que o dia que começava era o quadragésimo, após o acidente.

Ao sair do banheiro, depois de fazer a higiene matinal, levou um susto ao ver Aníbal com os olhos abertos e com cara de que não tinha a mais remota ideia do que tinha acontecido.

Logo após chamar a enfermeira, disse-lhe que havia acordado de um sono demorado, mas que estava tudo bem.

Ele continuava atônito.

O médico plantonista constatou que os sinais vitais estavam bem e telefonou do seu próprio celular para o Dr. Novelli, que adiou uma aula que iria dar na Santa Casa para vir imediatamente à clínica.

Isabel deu a boa notícia a Glauco e a Gabriela e, enquanto aguardava a chegada de alguém, se limitou a afagar os cabelos do marido.

Glauco foi o primeiro a chegar, e Aníbal pareceu reconhecê-lo.

Esforçou-se para dizer algo, mas não conseguiu.

Logo depois chegou Novelli, que pediu para ficar a sós com Aníbal para examiná-lo.

Quinze minutos se passaram até que o médico dissesse a Isabel e Glauco que, aparentemente, ele não ficara com nenhuma sequela importante, mas que gostaria de que ele fizesse uma nova angio-ressonância magnética o mais depressa possível.

Uma hora depois, o médico voltou ao quarto de Aníbal e disse que o exame mostrou que a hemorragia tinha sido quase completamente absorvida e que isso era excelente para o prognóstico do caso.

— O único problema é que ele está com amnésia — disse, coçando a cabeça.

— Como assim? — perguntou Isabel.

— Aparentemente, o trauma afetou sua memória, tanto a recente como a remota.

— Mas eu tive a impressão de que ele me reconheceu — disse Glauco.

— É possível que seu rosto lhe seja familiar, mas não saberá dizer o seu nome, nem de onde o conhece.

Isabel parecia não acreditar no que acabara de ouvir:

— Meu Deus, como é possível que isso aconteça a alguém com uma cabeça tão privilegiada?

Novelli recomendou que todos tivessem paciência, porque o quadro tenderia a melhorar com o tempo, e o papel deles no sentido de relembrar acontecimentos passados para puxar pela memória de Aníbal seria da maior importância.

— O mais importante é que ele acordou e, daqui a alguns dias, vai voltar para casa.

Procurem conversar com ele normalmente, digam quem são vocês e comecem logo o trabalho de trazê-lo de volta à realidade.

* * *

Duas semanas após ter alta, Aníbal já se movimentava normalmente pela casa, já iniciara as sessões de fisioterapia e já se sentia disposto a ir à sede do Grupo Cavalcanti, não que pensasse em trabalhar, mas para continuar construindo uma imagem, para si mesmo, de quem era antes do acidente.

Glauco era o único rosto do qual se lembrava e em quem sentia que podia confiar, embora não soubesse exatamente por quê.

Coube a ele, pouco a pouco, fazer uma revisão da vida de Aníbal, contando-lhe passagens que considerava importantes, desde o menino pobre de Paraíba do Sul, que se tornara um vencedor no mundo dos negócios, ao homem maduro que, recentemente, fora levado a rever seus conceitos e posições no plano pessoal, ao reencontrar Cristina e saber da existência do filho em coma.

Embora tenha hesitado em alguns momentos, Glauco acabou cedendo e revelou quase tudo o que sabia com a maior sinceridade.

Assim, em pouco tempo, Aníbal ficou sabendo que tinha uma relação difícil com Ricardo, que, embora não demonstrasse ser apaixonado por Isabel, sempre se sentiu muito atraído por ela e que gostava e admirava Gabriela.

Aníbal também quis saber da sua relação com as pessoas do Grupo Cavalcanti.

Ficou sabendo dos desfalques que Ricardo aplicou na empresa, ajudado por Clóvis Orgariz, que, infelizmente, tinha falecido duas semanas antes.

— Tentamos ajudá-lo, mas o coração dele não aguentou. A pressão que estava sofrendo foi muito forte — disse Glauco.

Aníbal disse que, certamente, eles tiveram ajuda de alguém de fora, o que era uma prova de que a amnésia não afetara o seu raciocínio aguçado.

Quando soube da confiança e da simpatia que tinha por Fábio, que estava à frente dos negócios, enquanto ele estivesse afastado, comentou com o amigo:

— Então, o meu sucessor vai ser o seu filho e não o meu, é isso?

— Exato.

— Deve ser um bom garoto.

— Isso é exatamente o que você costuma dizer dele. E, se não fosse pela sua ajuda, ele poderia não estar mais entre nós.

— Como assim?

Glauco lhe contou sobre o tratamento feito em Seattle, pago por ele, que permitiu que Fábio se curasse da leucemia.

Ao saber disso, Aníbal se emocionou e não esboçou qualquer esforço para conter as lágrimas.

Glauco gostou de ver aquela reação.

— Tenho algum arrependimento, algo realmente grave que eu tenha feito?

Glauco tirou os óculos e coçou a testa.

A lembrança do assassinato de Edinelson veio imediatamente à tona.

Esquivando-se dela, como um lutador de boxe, Glauco disse:

— Não que eu saiba.

Voltando a falar de sua terra natal, Aníbal lembrou-se de quando, ainda muito jovem, entregava jornais.

Também reviu, em sua lembrança, a figura de D. Palmira cozinhando no fogareiro da velha casa, e chegou a sentir o aroma do café que ela fazia quando dava de mão na chaleira e inundava o coador.

— Lembro da minha mãe e do café que ela fazia.

— Você continua gostando muito de café.

Aníbal pediu que voltasse a falar de Cristina e de Antônio.

Disse que aquele encontro mexera de verdade com ele, chegando até a mudar seu comportamento.

— Como assim? — quis saber Aníbal.

— Você parece ter ficado mais solidário, mais interessado nas pessoas.

— E qual a razão disso?

— É difícil dizer. Parece que você conheceu uma realidade diferente, fora do mundo dos negócios, da competição, do jeito de agir movido exclusivamente pelos interesses.

— É mesmo?

— A história da promessa que Cristina fez ao filho de nunca abandoná-lo, não importasse a circunstância, também mexeu muito com você.

Aníbal ficou pensativo.

— E esse rapaz é meu filho mesmo? Fizemos o teste de paternidade?

— Você achou que não precisava. Por falar nisso, ele tem uma marca no braço igual à sua.

Aníbal tocou na parte interna do braço esquerdo.

— Quando você sofreu o acidente, você estava indo lá se despedir dela e do Antônio antes de viajar.

— Como assim, me despedir dele? Ele não está em coma?

— Pois é. Mesmo em coma, pelo que você me contou, a gente sente a presença dele. E a Cristina faz de tudo para incluí-lo no mundo dela e dos que têm contato com ela.

— Deve ser uma mulher de valor, uma lutadora.

— Não há dúvida.

— Depois de amanhã, vamos a Paraíba do Sul juntos.

— Por que não amanhã?

— Quero ir à empresa antes. Tenho decisões a tomar.

— Você manda.

Aníbal fez questão de acompanhar o amigo até o portão da casa.

Como ele estava sem carro, pediu a Raimundo que o levasse ao escritório.

Quando Glauco se acomodou no banco de trás, Aníbal deu um tapinha no ombro do motorista e disse-lhe, sorrindo:

— Vá devagar, porque ele está com pressa.

Quando Raimundo arrancou com o carro, comentou Glauco que o patrão tinha mudado muito ultimamente, e para melhor.

— Melhor, como?

— Não sei dizer. Ele está mais conversador. Parece que se preocupa mais com a gente.

Ele estava certo.

Aníbal tinha mudado, e muito.

* * *

Às 9h da manhã do dia seguinte, Aníbal voltou a entrar na sede do Grupo Cavalcanti.

Fez questão de cumprimentar todos os funcionários que encontrou pelo caminho, o que deixou todos eles surpresos.

Como se não bastasse o jeito diferente de falar com as pessoas, desde o acidente, Aníbal deixara de pintar os cabelos, que agora estavam completamente brancos.

Se, por um lado, a nova aparência o tornava mais velho, seu rosto estava remoçado, talvez por não mais exibir a tensão de quem estava sempre preocupado.

Antes de entrar em sua sala, Aníbal viu o sinalizador com as três luzes que ficava do lado de fora, e Glauco explicou que aquilo servia para indicar se as pessoas poderiam ou não falar com ele, dependendo do seu humor.

Fez uma cara de quem achou aquilo uma besteira e disse ao amigo para providenciar que o tal sinalizador fosse logo removido.

Em seguida, pediu que Fábio viesse ao seu encontro.

Embora não tivesse dele a menor lembrança, sentiu-se bem na sua presença e abraçou-o calorosamente.

Conversaram sobre os projetos que estavam sendo desenvolvidos naquele momento, com ênfase no empreendimento imobiliário da Região dos Lagos.

Fábio também falou da creche, que já tinha começado a ser construída e disse a Aníbal que, antes do acidente, ele tinha manifestado o desejo de acompanhar de perto todas as fases da obra.

— É a creche que a Gabriela vai ser a diretora, não é?

Fábio fez com a cabeça que sim.

— Disso eu me lembro.

Terminada a reunião com Fábio, Aníbal quis conversar com Ricardo.

Quando seu filho entrou na sala, sentiu que a energia que ele transmitia era bem diferente daquela que sentira com relação a Fábio, tanto assim que o convidou a sentar-se sem, ao menos, apertar a sua mão.

Mostrando que o velho Aníbal estava adormecido, mas ainda vivia dentro dele, disse a Ricardo que achava melhor que se desligasse da empresa, uma vez que não poderia mais tê-lo ao seu lado, depois de saber do dinheiro que fora desviado.

Desconcertado com o que acabara de ouvir, Ricardo não parava de cruzar as pernas alternadamente.

Aníbal procurou tranquilizá-lo, dizendo que estava disposto a adiantar a parte dele na herança, se assim desejasse. Disse-lhe que iria fazer um testamento e que ele receberia a parte à qual tivesse direito, deduzindo a quantia que havia sido roubada.

— Afinal, você continua sendo meu herdeiro — disse ele.

Glauco conhecia bem aquele jeito direto de resolver as coisas.

Ricardo despediu-se do pai e de Glauco de cabeça baixa e saiu sem dizer uma palavra.

Precisava, como sempre, falar com a mulher para saber o que fazer.

Notando que Glauco o olhava fixamente, Aníbal disse-lhe:

—Você não imagina como foi importante para mim vir aqui hoje. De um jeito que não sei explicar, me sinto inteiramente capaz de tomar as decisões necessárias, e sabe por quê?

Glauco fez que não.

— Porque não me lembro de quase nada. Mesmo sabendo o que as pessoas fizeram, não me sinto preso a emoções ou ressentimentos. Posso decidir com base no que sinto no momento presente, e isso é ótimo. Vou aproveitar para resolver a minha vida agora. A hora é essa.

—Você sempre teve vocação para agir no momento certo.

— E te digo mais. Acho que não gosto muito de quem eu era ou, pelo menos, de como me comportava antes. Quando cheguei aqui, a expressão que vi no olhar das pessoas não foi de afeição, foi de medo.

—Também não exagera. Você sempre foi um patrão correto, embora exigente.

— Não sei. Acho que já fiz coisas nada boas que você não me contou. Talvez acabe me lembrando...

Tomara que não – pensou Glauco.

Mudando de assunto, Glauco sugeriu dar um pulo na Tijuca, para dar uma olhada nas obras da creche.

Aníbal concordou.

***

Quando Ricardo contou a Rosana o que tinha acontecido, ela voltou a criticá-lo.

— Eu sempre falei que o seu pai não é burro. Quem mandou você se meter a besta com ele?

Ricardo não ousava responder.

—Vê se não faz mais besteira, pega a grana que ele te oferecer e vamos nos mandar daqui.

Coçando a cabeça, Ricardo disse:

— Não é tão simples assim. Tenho que falar com o meu contato para cancelar o plano de apagar o velho.

— Trate de fazer logo isso! Se alguma coisa acontecer a ele agora, todo mundo vai saber que você está envolvido. E eu não quero ir para a prisão.

— Que merda! Como eu poderia ter adivinhado que tudo ia sair tão errado?

— Pare de reclamar. Trate de agir enquanto é tempo.

Ricardo telefonou do seu celular para Olavo Fontes e marcou um encontro para o dia seguinte.

Pela voz dele, o advogado percebeu que a situação não estava nada boa.

— *Lá vem bomba!*

***

No dia seguinte, pela manhã, na companhia de Glauco, Aníbal chegou à casa de Cristina, que gostou de ver que ele tinha deixado de pintar os cabelos. Achou que a nova aparência combinava mais com ele.

Mais uma coisa que nós temos em comum.

Demonstrando certa familiaridade com o lugar, Aníbal deteve-se diante da fonte com a inscrição *A vida é uma ponte. Não construa sua casa sobre ela.*

— Me lembro bem dessa fonte e do que está escrito.

— É a sua memória que está voltando aos poucos — disse Cristina.

Aníbal e Glauco se entreolharam. Ambos sabiam que Aníbal não fazia muita questão de recuperar toda a memória.

Antes de entrar na casa, Aníbal também se lembrou do poster de Roma, onde estava escrito *Una vita non basta*, mas preferiu ficar em silêncio.

O fato de ver novamente o rosto de Antônio que, embora exibisse uma expressão serena, continuava aprisionado no seu sono, não lhe causou o menor espanto.

Teve plena consciência de já ter estado ali antes e, mais do que isso, de ter se sentido bem.

Era a primeira vez que Glauco visitava Antônio.

Como de hábito, Cristina disse ao filho que ele tinha visita.

Depois de pedir permissão a ela, Aníbal mostrou a Glauco o sinal de nascença no braço de Antônio.

Igualzinho ao meu.

Sentou-se na cadeira de balanço, na qual adormecera uma vez e comentou com Cristina e Glauco que se lembrava perfeitamente de algumas pessoas que ali conhecera, como o senhor que gostava de ler na companhia de Antônio e a senhora que tinha um coelho de estimação, que morrera atingido por uma manga.

— Isso mesmo! — exclamou Cristina.

Após afagar os cabelos do filho, Aníbal pediu a Glauco que os deixasse a sós.

De maneira bastante direta, disse-lhe que tinha muita sorte de ter mantido um arquivo fiel, um espelho vivo dos acontecimentos mais importantes da sua vida, referindo-se ao amigo que acabara de sair.

Graças a ele e ao fato de não se sentir preso ao passado, tinha decisões importantes a tomar e uma delas dizia respeito a ela e a Antônio.

Cristina tentou interrompê-lo, mas ele não deixou.

— Por favor, me deixe terminar.

Aníbal disse que iria reconhecer a paternidade de Antônio, para que ele tivesse direito à sua parte na herança.

— E ninguém melhor que você para cuidar disso, até que ele acorde.

Cristina se emocionou.

Aníbal segurou as mãos dela.

— Não podemos desistir. Eu poderia não estar aqui hoje. Aquele acidente poderia ter me custado a vida.

Cristina custava a acreditar que aquelas palavras vinham de Aníbal.

— Se eu sobrevivi, podemos ter esperança na recuperação do Antônio.

Em meio às lágrimas, um sorriso iluminou os olhos de Cristina.

— Sua promessa de jamais abandoná-lo não foi em vão.

Saíram do quarto de Antônio e encontraram Glauco na varanda, acompanhado por Taddeo e Cecília.

Aníbal abraçou Taddeo.

— Chegou o meu amigo que me ensinou que o italiano é a língua com a qual se fala com as mulheres, não é isso?

— Bravo!

Em seguida, abraçou Cecília.

— Ti ricordi que somos sócios na pousada? — perguntou Taddeo.

— Para falar a verdade, não lembro, mas o Glauco me colocou a par de tudo. Estamos juntos.

Dirigindo-se a todo o grupo, Cecília disse que o almoço já estava sendo preparado, e que ela e Taddeo faziam questão absoluta de convidá-los.

Convite aceito.

Aníbal e Glauco, com Raimundo ao volante, seguiram o carro de Taddeo e Cecília.

Cristina ficou de ir um pouco depois. Tinha instruções a deixar antes de sair.

* * *

Quando Olavo Fontes recebeu Ricardo em seu escritório, já sabia de tudo.

Graças ao trabalho de Djalma, estava a par da existência de Cristina e Antônio e da pousada, que estava sendo construída em Paraíba do Sul.

Teve um impulso de contar a Ricardo, para mostrar que ele não tinha a mais remota ideia do que estava acontecendo na vida de Aníbal, mas conseguiu se controlar.

Concordou que, naquele momento, não se poderia fazer nada contra Aníbal, até porque Ricardo não faria mais parte do Grupo Cavalcanti, o que inviabilizava qualquer operação que envolvesse novos desfalques.

Entretanto, disse que o investimento que Tito e ele tinham feito teria que ser ressarcido.

— Investimento? Como assim? Nós já rachamos aquela grana e, pelo que eu pude perceber, o velho resolveu deixar barato para nós.

— Não é bem assim. Esperávamos que você nos desse um retorno maior.

O suor começou a brotar na testa de Ricardo, apesar de o ar condicionado estar ligado no máximo.

Vendo que o desespero começava a tomar conta dele, Olavo se levantou, colocou a mão no seu ombro e disse, em voz baixa mas usando um tom nada amigável:

— Pode deixar. Você saberá como vai nos compensar. Acho que não preciso lembrar com quem você está lidando.

Ricardo se assustou com o tom ameaçador.

— Em breve você será contatado. Fique tranquilo, que você vai ter sempre notícias nossas.

De maneira brusca, o advogado o acompanhou até a porta da sala, encerrando o encontro sem, ao menos, se dar o trabalho de apertar a mão do filho mais velho de Aníbal Cavalcanti.

* * *

Um mês depois, Ricardo já havia negociado seu desligamento do Grupo Cavalcanti, através de um acordo pelo qual recebeu a quantia de cinco milhões de reais e assinou um documento passado em cartório, comprometendo-se a não pleitear nem um centavo a mais.

Ficou sabendo que Aníbal fizera um testamento que era mantido em absoluto sigilo, e tinha certeza de que a parte que lhe caberia não seria das maiores.

Mas, naquela altura da vida, com quase quarenta anos de idade, depois de ter se metido em falcatruas e de ter atraído a antipatia de Olavo Fontes e de Tito Pereira, chegou à conclusão de que o melhor a fazer era embolsar aquela grana e começar uma vida nova fora do Rio de Janeiro.

Rosana tinha uma tia que vivia no interior de Minas Gerais, onde possuía um pequeno hotel.

Poderiam ficar lá durante algum tempo, o suficiente para esfriar a cabeça e decidir que rumo dariam à vida.

Não tivera mais notícias de Olavo e de Tito, e achava aquilo um bom sinal.

Talvez eles tivessem resolvido deixá-lo em paz.

Rosana, entretanto, se mostrava preocupada:

— Acho melhor a gente se mandar logo daqui. Tenho medo desses caras.

Ele torcia para que ela estivesse errada.

* * *

Aníbal passou a ficar no Rio de segunda a quinta, para acompanhar a conclusão das obras da creche. Na sexta pela manhã, ia a Paraíba do Sul, passar os fins de semana na companhia de Taddeo e Cecília, que reservaram um quarto na fazenda para ele e, para alegria de seu amigo italiano, passou a curtir e a se interessar por vinhos.

Em relação à memória, não houve grande progresso.

Embora continuasse se recuperando do trauma e em plena forma, tanto física quanto mental, tinha, vez por outra, flashes de acontecimentos passados aos quais nem sempre dava muita importância.

Em uma dessas ocasiões, perguntou a Glauco se já tivera uma casa de praia.

Glauco se assustou com a pergunta e quis saber por quê. Tinha medo que ele se lembrasse do que acontecera com Edinelson.

Vendo que Aníbal não deu maior importância ao assunto, disse que sim, mas durante pouco tempo, porque sua agenda, sempre cheia, não lhe permitia sair do Rio e, além disso, sempre teve preferência pelo campo.

Aníbal nem chegou a perguntar onde ficava a casa, e Glauco também não disse.

Se o destino tinha resolvido absolvê-lo dessa culpa, tirando-lhe a memória, que assim fosse.

Isabel, ao perceber a admiração de Gabriela ao falar de Cristina, ficou enciumada, o que impediu um entrosamento maior entre elas.

Mas, ao conhecer Cecília, teve com ela grande afinidade, e esse encontro fez com que começasse a se interessar por assuntos esotéricos.

Por isso, quase sempre acompanhava o marido durante os fins de semana e, contrariando as expectativas, passou a curtir o clima ameno do interior, onde as coisas parecem acontecer em ritmo mais lento.

Em um almoço de sábado na casa de Cecília e Taddeo, desses que não tem hora para acabar, ao ver que o italiano servia a Aníbal uma taça de amarone, disse:

— Gosto muito mais do Aníbal agora do que antes. Por incrível que pareça, acho que o acidente fez bem a ele.

— O fato de não se lembrar do passado tirou um peso grande das costas dele.

Vendo os dois conversando, Aníbal se aproximou:

— Não pense que eu esqueci da viagem à Itália. Não quero morrer sem conhecer o Pantheon.

Isabel, que não era dada a demonstrações públicas de carinho, levantou-se e beijou o rosto do marido.

— Te garanto que em nenhum lugar eu vou me sentir mais feliz do que me sinto agora, nesse momento.

Taddeo entrou na conversa:

— O casal Cardinelli também pode ir ou é viagem de luna di miele?

— Vocês serão super-benvindos – disse Isabel.

Aníbal também gostou da ideia:

— Tudo bem. Mas só porque vamos precisar de alguém para escolher os vinhos.

* * *

Ricardo alugou uma casa confortável de quatro quartos, com quintal e piscina.

Rosana achou melhor não ficar na pousada da tia, não só para que tivessem mais privacidade mas, também, para serem vistos o mínimo possível.

Não revelaram a ninguém o novo endereço e trocaram o número dos celulares.

Acostumados à agitação do Rio de Janeiro, sabiam que não seria fácil habituar-se à vida do interior, nem que fosse por alguns meses.

Mas estavam convencidos de que haviam tomado a decisão certa. E cinco milhões de reais valiam o esforço.

No dia em que completaram duas semanas na casa nova, receberam um envelope endereçado a Ricardo, sem o nome do remetente, com o carimbo da agência dos correios da Barra da Tijuca.

Quando abriu o envelope, na companhia da mulher, viu que se tratava de um título de posse de um jazigo, em um cemitério de Belo Horizonte. Preso com um clipe, havia um bilhete impresso, que dizia:

Ricardo,
Uma das poucas certezas de que temos na vida é que vamos morrer.
No que depender de nós, você ainda vai viver muito.
Mas no que depender de você...
Aguarde nossas instruções.
O.F.

— Eles nos descobriram! — exclamou Rosana.

Ricardo não sabia o que dizer.

— Por que você foi mexer com essa gente?

Ele continuava calado.

—Você sempre foi uma negação para os negócios, mas não quero ficar viúva, será que você entende?

Ele abraçou a mulher. Estava tremendo.

Três dias depois, quando estava sozinho em casa, Ricardo recebeu uma ligação sem identificação no celular.

Teve um pressentimento que tinha a ver com o envelope que chegara pelo correio e estava certo: a voz que ouviu era de Olavo Fontes.

— Como eu já tinha te avisado, você vai ter que nos indenizar pelo investimento que fizemos em você e que acabou não dando o retorno que a gente esperava.

— Como assim?

—Você sabe muito bem do que eu estou falando. Não se faça de bobo.

— E as transações que deram certo? Isso não conta?

—Isso foi café pequeno. No que mais nos interessava, você pisou na bola.

O tom de voz do advogado lhe parecia cada vez mais assustador.

— Escuta bem o que eu vou te dizer: você vai nos repassar essa grana que recebeu no acordo.

— O quê?

— Já falei para você escutar. Vão ser cinco parcelas mensais. É só fazer as contas.

Ricardo não sabia o que dizer.

— Na primeira semana de cada mês, você vai receber instruções com os dados da conta em que o dinheiro vai ser depositado. Cada mês vai ser uma conta diferente.

— Mas...

— Fica quieto. É assim ou você vai estrear o jazigo que ganhou de presente. Pode escolher.

Sentindo que não tinha como argumentar, Ricardo continuou ouvindo:

— Depois desses cinco meses, a gente esquece de você e você esquece da gente. Faz de conta que nunca nos conhecemos.

— Isso não é justo.

— O que você pensa não nos interessa. É assim que vai ser.

— Isso é sacanagem.

— Veja lá como fala.

Ricardo tentou novamente dizer algo, mas foi novamente interrompido por Olavo.

— Você nasceu para perder. Basta ver que o teu pai prefere um filho que está em coma.

— Como é que é? Que filho é esse?

— Teu velho decobriu que tem um filho de uma antiga namorada em Paraíba do Sul e vai sempre visitá-lo.

— Não pode ser...

— Pelo menos, teu irmão não faz besteira. Só dorme.

Ricardo teve vontade de xingar Olavo, mas conseguiu se controlar.

Com um riso debochado, o advogado encerrou a conversa, desligando o telefone na cara dele.

Desolado, segurando a cabeça entre as mãos, Ricardo pensou:

Como é que eu vou contar isso à Rosana?

* * *

A creche foi inaugurada no dia 11 de fevereiro de 2012, uma sexta-feira ensolarada, exatamente um ano depois das chuvas que devastaram a região serrana do Rio de Janeiro.

Nomes de peso do meio empresarial, da política e da medicina carioca estavam presentes.

Embora afastado em caráter definitivo da presidência do Grupo Cavalcanti, Aníbal ainda era um nome respeitado e prestigiado entre os seus pares.

Até Cristina, que raramente saía de perto de Antônio, veio de Paraíba do Sul com Taddeo e Cecília.

Para ela, aquele evento era um marco da mudança que ocorrera na vida de Aníbal.

Gabriela discursou como diretora da creche e, apesar da pouca experiência em falar em público, saiu-se bem e conseguiu transmitir com sinceridade o compromisso de fazer o melhor pelos pacientes.

Disse, também, que nada daquilo seria possível se não fosse a iniciativa de Aníbal que, além de doar o prédio, equipou a creche com equipamentos modernos e contratou profissionais bem treinados, para assegurar a qualidade dos serviços que seriam prestados.

Foi interrompida pelos aplausos dirigidos a Aníbal que, pego inteiramente de surpresa, teve vontade de se esconder.

Depois dela, quem falou foi o secretário de Saúde do Rio de Janeiro, que deu os parabéns ao Grupo Cavalcanti pela iniciativa e enfatizou que aquele exemplo deveria ser seguido, para que a parcela menos favorecida da população pudesse ter melhores condições de vida.

Coube a Fábio, em seu discurso, o momento de maior emoção, ao anunciar que o próximo projeto social do grupo seria organizar um *pool* de empresas para construir três mil casas em Nova Friburgo, Petrópolis e Teresópolis, para serem doadas às vítimas das enchentes.

Foi, também, muito aplaudido.

Aníbal e Glauco, que estavam a par do assunto, voltaram a trocar um olhar de conivência.

No mesmo momento, os olhares de Fábio e Gabriela também se encontraram e ambos reconheceram que uma ligação muito forte já existia entre eles e, mesmo se tentassem, seria impossível evitá-la.

Nesse instante, ambos souberam que, somente juntos, poderiam cumprir os seus destinos.

Quando Gabriela pediu ao secretário de Saúde que descerrasse a placa inaugural, Aníbal se deu conta de que esquecera de perguntar o nome que Gabriela resolvera dar à creche.

Deve ser o nome de alguma santa – pensou ele.

Quando a placa foi descoberta e ele viu que a creche se chamava Palmira Cavalcanti, em homenagem à sua mãe, não conteve a emoção.

Já refeito, agradeceu a iniciativa de Gabriela.

— Você achou que eu iria escolher o nome de uma santa, não achou?

— Mas eu estava certo. A recordação que guardo da minha mãe é de alguém que não se preocupava consigo mesma, que vivia para servir e era feliz assim.

Taddeo, que presenciava a cena, entrou na conversa:

Vi mia mãe rezando
Aos pés della Virgem Maria.
Era una santa escutando
O que un'altra santa dizia.

— É isso, meu amigo. É assim que me lembro dela.
— Mas essa é una bela maneira de se lembrar de alguém, especialmente da nossa mama.

Aníbal concordou.

No coquetel que se seguiu à inauguração, Gabriela e Fábio combinaram um jantar para comemorar a ocasião.

Aníbal e Isabel insistiram para que Cristina ficasse, mas ela preferiu voltar no mesmo dia para perto do filho.

— Afinal, você não pode quebrar a promessa, não é mesmo? — disse Aníbal.

— Essa promessa é a razão da minha vida.
— Eu sei.

Aníbal mudou de assunto:

— Você sabe que vamos para Roma daqui a uma semana?
— Claro que sei. A Cecília já me contou.
— Se você quiser alguma coisa de lá, me fale. De qualquer maneira, amanhã vou almoçar com o Taddeo para acertar alguns detalhes e vou dar uma passada na sua casa para ver o Antônio.

Cristina lembrou-se que, quando Aníbal sofreu o acidente, estava indo a Paraíba do Sul e demonstrou uma certa preocupação.

Aníbal percebeu.

—Você se lembrou do acidente?

Cristina assentiu.

— Sabe, embora eu não possa dizer que tenha me tornado religioso, longe disso, passei a acreditar em alguma coisa que supera a condição humana. Se algo tiver que me acontecer, vai acontecer de qualquer maneira, seja onde for.

—Acho ótimo você pensar assim. Não tenho dúvida de que existe um plano superior, mas você já sabe como eu penso.

Nesse momento, um garçom aproximou-se deles.

Aníbal pegou duas taças de espumante e ofereceu uma a Cristina.

— Quero fazer um brinde.

Cristina ergueu a taça.

— Quero brindar à pessoa responsável pelo que estamos vivendo hoje: você.

Cristina corou.

— Logo que a gente se reencontrou, eu tive a ideia de destinar esse prédio à construção de uma creche, tanto assim que eu telefonei para a Gabriela, lá de Paraíba do Sul. Nosso reencontro mexeu muito comigo. Mudou minha vida.

— Fico feliz ao ouvir isso.

Taddeo percebeu que Isabel não gostou de ver Aníbal brindando com Cristina e, para evitar qualquer mal-estar que pudesse ocorrer, aproximou-se deles e foi logo dizendo:

— Amici miei, não se esqueçam de que a próxima inaugurazione será a da Locanda Cardinelli.
— Então, você já escolheu o nome? — perguntou Aníbal.
— É só uma ideia. Pode ser Locanda Cavalcanti, se você quiser.
— De jeito nenhum. Cardinelli combina melhor com o nome de uma pousada.
— Bom, agora vamos falar do jantar de oggi. Vou reservar una mesa no *Gero* e faço questão de convidá-los. Só quero saber quanti seremos — disse Taddeo.
— Pode fazer uma reserva para cinco — disse Glauco.
— Eu sei que a Cristina vai voltar para casa oggi, mas a Gabriela e o Fábio non vão nos acompanhar?
— Eles têm outros planos. Vão jantar *tête à tête* no *Cipriani*.
Taddeo sorriu e não disse mais nada.

* * *

Ricardo tanto insistiu que Olavo acabou concordando em recebê-lo, mais uma vez, em seu escritório, no mesmo dia em que a creche foi inaugurada.

Pegou o carro emprestado da tia de Rosana e foi dirigindo até o Rio.

Durante a conversa que tiveram, o advogado mostrou-lhe o relatório de Djalma, com o que havia descoberto sobre Cristina.

O investigador não chegou a tirar nenhuma foto de Antônio, mas levantou toda a sua história, desde a cirurgia até os dias atuais.

Perplexo, Ricardo mal podia acreditar no que acabara de ouvir.

Então, foi isso que fez ele mudar de comportamento.

— Ele pode deixar a maior parte do patrimônio dele para esse rapaz, mesmo estando em coma. A grande beneficiada vai ser a mãe dele. Ainda mais agora, depois de ter perdido a memória, tudo é possível — disse Olavo.

O advogado deixou que Ricardo levasse uma foto de Cristina e anotasse o endereço dela.

Olavo notou que ele parecia bem transtornado e disse-lhe ao final do encontro:

— Olha lá, não vai fazer nenhuma bobagem. Você tem um trato com a gente.

Como de hábito, Ricardo saiu cabisbaixo e sem dizer uma palavra.

Entrou no carro e sentiu uma raiva muito grande, que começava a dominá-lo inteiramente.

Telefonou para um amigo dos velhos tempos, que morava em uma cobertura duplex em Ipanema, e perguntou se poderia visitá-lo.

* * *

Bernardo Gutiérrez, filho de um empresário colombiano, administrava uma corretora de valores que pertencia ao pai, mas pouco aparecia por lá.

Na verdade, fora hábil o bastante para formar um grupo de profissionais experientes e, na prática, o escritório funcionava com ele, sem ele ou apesar dele.

Tanto melhor, já que assim lhe sobrava mais tempo para curtir a vida da maneira que gostava, o que incluía animadas festas em sua cobertura, na Rua Barão de Jaguaripe, onde não faltavam mulheres bonitas e bebidas.

Convidou Ricardo a passar o fim de semana com ele.

Ele hesitou, pensando na desculpa que teria que dar a Rosana, mas achou que seria bom ficar um pouco sozinho para esfriar a cabeça.

Disse a ela que tinha um assunto para resolver no banco logo na segunda-feira de manhã e que, por isso, decidira ficar no Rio mais um pouco.

Rosana achou a desculpa um tanto estranha, mas não reclamou, porque pensou que seria bom ficar alguns dias longe dele.

Na verdade, desde que ele se desligara do Grupo Cavalcanti, ficava o dia inteiro em casa ser ter o que fazer e acabava interferindo na rotina doméstica.

Naquela sexta-feira, Bernardo tinha organizado uma festa para sua nova namorada, uma modelo de São Paulo, e tinha convidado cerca de oitenta pessoas para a ocasião.

Logo depois do almoço, deixou o amigo confortavelmente instalado e saiu para resolver algumas coisas.

Depois de se exercitar na sala de musculação, Ricardo passou um bom tempo tentando relaxar na piscina, mas a lembrança da existência do tal irmão em coma não lhe dava trégua por um instante sequer.

Quando Bernardo voltou, notou que o amigo continuava preocupado, tenso.

— Já sei do que você precisa. Vem comigo.

Sem argumentar, Ricardo o acompanhou até o quarto.

Na gaveta de baixo da mesinha de cabeceira, Bernardo tirou um envelope pequeno de cor azulada.

Ricardo viu que também havia uma arma na gaveta e perguntou se podia examiná-la.

— Cuidado que está carregada.

O revólver calibre 38 tinha seis balas no tambor.

— Para que isso? Você agora anda armado?

— Há alguns meses, eu estava saindo com uma mulher casada e andei recebendo ameaças, que deviam vir do marido dela, embora não tivesse certeza. Fiquei preocupado e peguei essa arma emprestada com um amigo. Preciso devolver.

— O cara parou de te ameaçar?

— Parou. Na verdade, ele e a mulher foram embora do Rio.

Voltando a se concentrar no envelope, Bernardo colocou uma fileira de cocaína e ofereceu um pequeno canudo ao amigo.

Vendo a hesitação de Ricardo, disse:

— Vamos lá. É só para você se sentir melhor.

— Nem me lembro quando foi a última vez que toquei nisso.

— Então, não tem problema. Uma cheiradinha não vai fazer você voltar a ficar dependente. Amanhã, você nem vai se lembrar. É só para se animar um pouco.

O efeito da droga no organismo de Ricardo trouxe à tona uma energia adormecida e ele decidiu gastá-la fazendo mais exercícios.

Quando os convidados começaram a chegar, Bernardo foi chamá-lo na sala de musculação e o surpreendeu desferindo socos e chutes em uma *punching ball*.

— Estou vendo que você ainda é bom de briga.

— Mais ou menos. Estou parado há muito tempo.

Bernardo segurou a *punching ball*, que dançava ao ritmo dos golpes, e disse:

— Já chega. Agora vai tomar uma ducha e guarda um pouco dessa disposição para as amigas da minha namorada.

Ricardo esboçou um sorriso.

— Você vai gostar. Só tem gata.

Quando Ricardo se dirigia para o quarto de hóspedes, Bernardo disse-lhe, ainda, que, se precisasse de um reforço, ainda havia outro envelope na gaveta.

— Só te peço para não dar bandeira.

— Pode deixar.

— Mais uma coisa. Vai lá no meu armário e escolhe a roupa que você quiser. Acho que ainda vestimos o mesmo tamanho.

— Valeu.

* * *

Débora, a namorada de Bernardo, trouxe algumas amigas de São Paulo.

Ricardo se encantou com uma delas, que se chamava Bianca, uma morena alta, na faixa dos vinte e cinco anos.

Ela também se mostrou interessada nele e, depois de algumas taças de champanhe, começou a corresponder às suas investidas.

Já passava das três horas da manhã, quando Débora foi ao banheiro e chamou a amiga para lhe fazer companhia.

Bianca pediu a ela que lhe desse a ficha de Ricardo.

Bernardo já tinha dito a Débora que o amigo estava falido e que ele o estava hospedando, durante o fim de semana, pelos velhos tempos.

Ao ouvir isso, Bianca sentiu que seu interesse não resistiria a uma conta bancária modesta, mesmo em se tratando de um homem que achara atraente.

Ricardo percebeu que a bela morena voltou diferente, esquivando-se de suas tentativas de aproximação.

Não demorou para que ela se despedisse, alegando um cansaço súbito, e o deixasse sozinho.

Ele nem desconfiou da razão que motivara a mudança no comportamento dela.

E eu que pensei que ia faturar essa aí hoje mesmo...

Resolveu ir para o quarto de hóspedes e ligou a televisão.

Enquanto mudava de canal, a lembrança de Antônio voltou a persegui-lo.

Desligou a televisão, apagou a luz e tentou, em vão, dormir.

Quando chegou à conclusão de que não conseguiria pegar no sono sem uma ajuda, resolveu procurar um remédio para dormir no armário do banheiro do amigo.

Pegou um calmante e, pelo sim, pelo não, resolveu levar, também, o envelope que ainda restava na mesa de cabeceira.

Resolveu dar uma olhada na sala, onde não havia mais nenhum convidado e quase todas as luzes já estavam apagadas.

Viu Bernardo e Débora, completamente nus, dormindo em um dos sofás, aparentemente embriagados.

O dia já clareava quando ele conseguiu, finalmente, dormir.

***

Nessa mesma manhã, conforme havia planejado, Aníbal foi a Paraíba do Sul, tendo Raimundo ao volante.

Durante quase toda a viagem, folheou um guia turístico sobre Roma.

A expectativa da viagem estava mexendo, de verdade, com ele.

Tinha acabado de chegar à fazenda de Taddeo, quando o celular tocou.

Ouviu a voz de Cristina, querendo saber se ele já havia chegado.

Aníbal procurou tranquilizá-la, dizendo que estava tudo bem e que, após o almoço, iria se despedir dela e de Antônio, como havia combinado.

Cecília pediu que a convidasse para almoçar com eles, mas ela recusou.

Disse que não tinha dormido bem, preocupada com Aníbal e, como se não bastasse, Antônio tivera uma noite agitada, como há muito tempo não ocorria.

Quando desligou o telefone, Cristina sentiu um aperto no peito, como se estivesse recebendo um aviso de que algo importante estava para acontecer.

Será algum pressentimento?— pensou ela.

Ao ver o entusiasmo de Taddeo e Aníbal, Cecília comentou:

— Essa viagem está fazendo vocês parecerem mais jovens. Estão animados como dois adolescentes.

Taddeo estava, realmente, entusiasmado:

— Isso confirma o que eu sempre disse em relação às viagens de lazer: é um piacere que aproveitamos três vezes. Desfrutamos o planejamento, a viagem em si e i ricordi que nos acompanham per la vita.

Cecília concordou.

— E é bom que você e a Isabel estejam preparadas. Não vai ser facile nos acompanhar — disse o italiano.

— Pode deixar. Estamos em forma.

Aníbal disse que, na inauguração da creche, foi apresentado a um embaixador brasileiro que tinha servido três anos em Roma, que lhe recomendou não deixasse de visitar o Palacio Doria Pamphili, em plena Piazza Navona, onde funciona a embaixada do Brasil.

— Boa ideia! Já ouvi falar que a arquitetura do prédio é maravilhosa, sem falar nas obras de arte — frisou Cecília.
—Tudo bem, mas depois do Pantheon — disse Aníbal.
—Va bene — arrematou Taddeo.
Aníbal disse que, segundo o guia turístico, que lera no trajeto, o Pantheon tinha sido construído no ano 27 a.C., composto de dezesseis colunas de granito e com a cúpula aberta, para permitir que orações ali feitas pudessem alcançar os céus mais rapidamente.
— As orações têm força, mio amico — disse Taddeo.
—Vou rezar pelo Antônio. Vou pedir a Deus que se recupere e que nós possamos voltar lá juntos.
Ao ouvir as palavras de Aníbal, Cecília lembrou-se de quando se conheceram, especialmente de quando ele lhe afirmou que não acreditava em nada.
Quem diria que acabara de ouvir esse mesmo homem falando em rezar, para pedir pela cura de um filho doente.
Dando por encerrados os preparativos para a viagem, Aníbal se despediu de Taddeo e de Cecília.
Ficou combinado que o próximo encontro seria no aeroporto.

* * *

Eram onze e meia quando Ricardo acordou.
A mesa do café estava servida, mas ele só tomou café preto.

Resolveu que não tinha mais nada a fazer no Rio e decidiu voltar para Minas naquela manhã.

Olhou para o envelope que repousava pacientemente ao seu lado e pensou:

Se a Rosana me pega com isso, me mata.

Tentou lutar contra a tentação de não tocar no pó, mas acabou cedendo e aspirou mais uma fileira.

Só mais essa e chega. Vai ser a saideira.

Quando ligou o carro, ainda na garagem do prédio de Bernardo, sentiu que a droga tinha afetado seus reflexos e acendeu um cigarro.

De repente, uma ideia surpreendente cruzou a sua mente:

E se eu fosse a Paraíba do Sul, ver com meus próprios olhos essa tal de Cristina e o filho dela?

Desligou o carro e ficou pensando no assunto.

Qual é o problema? Já está tudo ferrado mesmo. Pior não pode ficar...

Fumando um cigarro após o outro, continuou a viajar na própria imaginação.

— *Essa vaca até que merecia levar um susto, para ver que não vai ser tão fácil levar a grana do velho como ela deve estar pensando.*

Depois de ficar quase meia hora remoendo a questão, decidiu voltar ao apartamento de Bernardo e pegar o revólver que tinha visto na véspera.

Quando tocou a campainha, Geraldo, o copeiro, veio atender e estranhou vê-lo de volta, mas não disse nada.

Depois de quase dez anos trabalhando para Bernardo, tinha se acostumado a ver coisas bastante fora do comum.

Ricardo perguntou se o amigo já tinha acordado.

O copeiro respondeu que sim e que estava no terraço, tomando o café da manhã com a namorada.

Em seguida, fez menção de levá-lo ao encontro do casal, mas Ricardo disse que não era preciso, que já conhecia o caminho.

Vendo a hesitação de Geraldo, Ricardo fez uma cara feia e disse, usando um tom agressivo:

— Deixa que eu subo lá sozinho. Não preciso de babá.

O copeiro não insistiu e dirigiu-se para a cozinha.

Ao vê-lo se afastar, Ricardo voltou ao quarto de Bernardo, que ficava no primeiro andar, pegou o trinta e oito carregado, colocou-o na cintura, puxou a camisa para fora da calça e saiu sem fazer barulho.

Dessa vez, ao ligar o carro, não hesitou: rumou para Paraíba do Sul.

***

Cristina aguardava Aníbal na varanda, tomando um chá.

Abraçaram-se carinhosamente.

Ela notou que, até mesmo a forma de Aníbal fazê-lo, tinha mudado. Antes, sentia que ele mantinha uma certa resistência, mas, agora, perbeceu que se entregava ao abraçá-la.

— Quer um café?

— Quero.

— Nem precisava perguntar. Você já tinha me dito que era viciado em café.

Cristina foi até a cozinha e voltou com um expresso.

— Sabe quem vem me visitar na próxima semana?

Aníbal fez um sinal negativo com a cabeça.

— A Gabriela e o Fábio.

— Você não imagina como eu gosto de vê-los juntos. A relação deles tem tudo para dar certo.

— Quero te fazer uma pergunta.

— Pode perguntar o que quiser – disse Aníbal, recostando-se na cadeira.

— Quem é o Aníbal que vai viajar daqui a alguns dias?

Aníbal coçou a cabeça.

— Talvez você possa me dizer. Afinal, você conheceu todos eles.

— Acho que é um homem que reencontrou a perspectiva humana dos relacionamentos. E olha que isso não é pouca coisa.

— Nunca fui muito bom em lidar com sentimentos mas, talvez, cada um de nós tenha em si muitas facetas, muitas personalidades.

Cristina o ouvia atentamente.

— Estou diferente, não tenho dúvida. Mas, como eu não me lembro de como eu era ou agia antes, não tenho termo de comparação.

Cristina balançou a cabeça em sinal de aprovação.

— Vamos ver o Antônio – disse ela.

* * *

Ricardo reconheceu o carro do pai estacionado em frente ao portão, com a placa onde estava escrito *Sidarta – Centro de Bem Estar para o Corpo e a Mente.*

Notou que Raimundo estava fora do carro fumando, encostado na porta do motorista.

Saiu do carro e para ver se poderia entrar na propriedade pela rua dos fundos.

Nas tardes de sábado, os empregados não trabalhavam e Janete costumava ir à cidade e só voltava à noite.

Ricardo não teve dificuldade para penetrar na casa pela cozinha.

Silenciosamente, atravessou a sala e, ao se aproximar do quarto de Antônio, ouviu a voz de Aníbal e de Cristina.

Tentou resistir ao acesso de raiva que ameaçava dominá-lo por completo, mas não conseguiu.

Para surpresa deles, entrou no quarto interpelando o pai:

— Então, essa é a sua nova família, seu velho maluco?

Aníbal sentiu o coração disparar:

— Mas o que você veio fazer aqui?

— Vim ver essa palhaçada que você armou com essa mulher e esse aleijado.

Cristina reagiu:

— Veja lá como fala do meu filho.

— Cala a boca, vagabunda. Vocês arruinaram a minha vida.

Aníbal fez menção de se aproximar dele.

—Vamos conversar lá fora.

Ricardo se descontrolou de vez.

— Fica longe de mim. Estou armado.

— O quê?

Ao dizer isso, sacou o revólver e o apontou para o pai.

— Sai da frente. Eu quero ver a cara do teu outro filho.

— Por favor, não faça mal a ele — disse Cristina.

Acuados, Cristina e Aníbal recuaram e se postaram à direita de Antônio, ao lado da parede.

Aproximando-se da cama pelo outro lado, Ricardo mantinha a arma apontada para o pai.

Aníbal conseguiu se refazer do susto inicial, mas Cristina não parava de tremer.

Ricardo ficou desconcertado ao ver que seu irmão parecia uma pessoa inteiramente normal, que apenas dormia.

— Então, é tudo verdade. Você se tomou de amores por um filho com quem você não pode nem falar.

Aníbal pensou em dizer a Ricardo que se referisse ao irmão pelo nome, mas ficou calado.

Isso poderia enfurecê-lo ainda mais.

Após um breve momento de hesitação, no qual chegou a dar a impressão de que iria se acalmar, Ricardo voltou a ameaçar o pai.

Apontando a arma para ele, afirmou que aquele era um bom momento para se vingar.

Aníbal, mantendo-se sereno, disse:

— Chega de fazer bobagem. Abaixa essa arma e vamos conversar lá fora.

— Pensando bem, talvez fosse melhor acabar com o teu queridinho.

Ao dizer isso, apontou a arma na direção de Antônio.

— Não! — gritou Cristina.

Nesse instante, que durou uma eternidade, Aníbal e Cristina se sentiram impotentes para esboçar qualquer reação, já que Ricardo estava inteiramente fora do alcance deles.

Mas foi nesse exato instante que a mão do destino interferiu, mais uma vez, dando um rumo totalmente diferente ao que iria acontecer dali em diante.

À medida que seu olhar demonstrava crescente perplexidade, Ricardo lentamente abaixou a arma.

Aníbal e Cristina, que não tiravam os olhos dele, temendo o pior, só entenderam o que motivara aquela mudança no comportamento de Ricardo, quando ouviram a voz de Antônio.

— Mãe, você está aí?

Movendo o olhar lentamente, Cristina, depois de muito tempo, voltou a encontrar o olhar do filho.

— Mãe, você está aí?

Cristina levou alguns segundos para se dar conta do que acabara de acontecer.

Olhando para o filho que acabara de despertar, com a voz embargada, disse:

— Estou, meu filho. Eu sempre estive aqui.

Voltando a sentir seu ritmo cardíaco acelerado, Aníbal não sabia o que fazer.

Cristina continuou a falar com Antônio, que podia ouvi-la com facilidade, mas sentia a visão turva, como se estivesse redescobrindo o mundo através de um vidro fosco.

Ainda com a arma na mão, Ricardo saiu correndo em direção à cozinha, por onde tinha entrado.

Raimundo viu, de longe, quando um homem pulou o muro dos fundos da casa, segurando o que lhe pareceu ser um revólver.

Preocupado, entrou na casa e encontrou Aníbal vindo na sua direção.

— O Ricardo acabou de sair daqui e está armado. Você o viu?

—Vi. Saiu pelos fundos.

— Ele está descontrolado e só pode ter ido para a estrada. Veja se consegue alcançá-lo.

Enquanto Raimundo corria em direção ao carro, Aníbal voltou para o quarto de Antônio.

Cristina estava abraçada ao filho, que começava a perceber que a sua visão, pouco a pouco, tornava-se mais nítida.

— Quem chegou? — perguntou Antônio.

Cristina teve vontade de dizer que era o pai dele.

—É o Aníbal, meu amigo de muitos anos. Você ainda não o conhece, mas vai gostar muito dele, tenho certeza.

Como de costume, Aníbal foi objetivo ao dizer que ia telefonar para o Dr. Novelli, para saber o que deveria ser feito.

O neurologista recomendou que chamassem o médico que acompanhava Antônio em Paraíba do Sul e, se as condições clínicas dele permitissem, que fosse transportado o mais depressa para o Rio para ser avaliado por ele.

— Vou deixar uma ambulância de prontidão para ir buscá-lo — garantiu o médico.

Após desligar o celular, Aníbal disse a Cristina:

— Vou ficar aqui com vocês.

* * *

Completamente transtornado, Ricardo pegou a estrada em direção a Juiz de Fora.

Os pensamentos brotavam em sua mente com uma velocidade que não conseguia acompanhar.

Naquele momento, parecia-lhe que, o melhor a fazer, seria chegar o mais depressa possível em casa, pegar Rosana e fugir, não importava para onde.

Voltou a ser dominado inteiramente pelos seus pensamentos:

Não vou dar dinheiro nenhum àqueles safados — decidiu, referindo-se a Olavo e a Tito.

O mundo é muito grande. Eles não vão me achar.

Vou dar um jeito de mandar o dinheiro para fora do Brasil. Ainda há tempo.

Quando se lembrou do que acabara de acontecer, ficou preocupado:

E se o velho resolver me prejudicar?
Tenho que ser rápido.
Nesse instante, o celular tocou.
Apanhou-o no bolso da calça e, ao ver que a ligação era de Rosana, achou melhor não atender.
Colocou o telefone no banco do carona, ao lado do revólver.
É melhor guardar essa arma.
Os dois ou três segundos que demorou, ao se curvar para abrir o porta-luvas que estava emperrado, foram decisivos.
Quando voltou a olhar através do pára-brisa, já tinha passado pela placa que indicava obras na estrada.
Pisou no freio já dentro do canteiro de obras e, na velocidade em que vinha, não teve como evitar o choque com um trator.
O filho de Aníbal Cavalcanti, que estava sem o cinto de segurança, foi arremessado para fora do carro através do pára-brisa e teve morte instantânea.
Se o acidente não tivesse ocorrido em um sábado, Ricardo certamente teria atropelado os operários que trabalhavam na repavimentação daquele trecho da estrada.
Logo carros pararam, e algumas pessoas tentaram socorrê-lo, mas logo viram que nada mais poderia ser feito para salvá-lo.

* * *

Raimundo, que tinha pego a estrada em direção ao Rio de Janeiro, acabou voltando à casa de Cristina.

Ela e Aníbal estavam esperando pelo médico.

Antônio tinha adormecido.

Raimundo perguntou se não seria melhor tentar falar com Ricardo no celular.

— Não acho boa ideia. No estado que está, não dá para conversar. Vamos esperar que se acalme — disse Aníbal, sem ter ideia do que tinha acontecido.

Quando o Dr. Visconti examinou Antônio e verificou que os sinais vitais estavam normais, Aníbal telefonou imediatamente para Novelli.

— Parece incrível, Cristina. Seu filho voltou — disse o médico que tinha visto Antônio nascer.

— Eu nunca perdi a esperança.

— Eu sei.

— Vou ficar aqui até a equipe do Rio chegar.

— Que bom. Fico mais tranquila assim.

Quando a ambulância chegou, Cristina e Aníbal embarcaram na parte de trás, fazendo companhia a Antônio, que já estava novamente acordado.

Só nesse momento, Aníbal telefonou para Glauco, para lhe dizer o que tinha acontecido, e lhe pediu que contasse a Isabel e a Gabriela.

Em seguida, telefonou para Taddeo e lhe deu a boa notícia.

Antônio quis saber o que tinha lhe acontecido; Cristina lhe contou sobre a cirurgia, mas achou melhor não lhe dizer quanto tempo ele ficou em coma. Teve medo que isso pudesse afetá-lo psicologicamente.

Durante o trajeto, ela recordou momentos de quando ele ainda era pequeno e essas lembranças não a deixavam apagar do rosto o sorriso que, junto com as lágrimas que chegavam sem pedir licença, traduziam não só alegria, mas, também, gratidão profunda pelo presente que a vida acabara de lhe oferecer.

Aníbal testemunhava silenciosamente aquele encontro, que representava a vitória de uma mulher de fibra, de uma mãe dedicada, que aceitou a separação que o destino lhe impôs do seu filho, mas nunca abriu mão da esperança de tê-lo de volta.

Quando chegaram à Clínica São Vicente, na Gávea, encontraram, além de Novelli, Glauco, Isabel e Gabriela esperando por eles.

* * *

Antônio seguiu imediatamente para a radiologia, onde foi submetido a uma ressonância magnética.

Enquanto isso, não se falou no nome de Ricardo.

Aníbal estava chocado e envergonhado pelo que este fizera. Cristina, percebendo isso, absteve-se de tocar no assunto.

Uma hora mais tarde, Antônio foi para o quarto.

Novelli chegou logo depois e disse que iria mantê-lo sedado, até terem condições de complementar a avaliação, o que seria feito no dia seguinte.

Cristina quis saber se poderia adiantar alguma coisa com base nas imagens do exame ao qual Antônio fora submetido.

O neurologista disse que preferia esperar até que todos os exames tivessem sido feitos, para poder ter uma ideia mais acurada do quadro.

— O mais importante é que ele acordou, e a recuperação agora é só uma questão de tempo — disse o médico.

Ficou combinado que Cristina faria companhia ao filho.

Aníbal pediu a Gabriela que fosse para casa com Isabel, porque ainda tinha um assunto a tratar com Glauco.

Os dois foram até a cantina, e Glauco ficou sabendo da cena que Ricardo protagonizara na casa de Cristina.

— Foi horrível. Não sei mais o que fazer. Ele enlouqueceu.

Nesse momento, Glauco pressionou a base do nariz com o polegar e o indicador, demonstrando preocupação.

— Você acha que ele poderia estar drogado?

— Não sei — disse Aníbal abrindo os braços.

— Você chegou a ligar para a casa dele?

— Para falar a verdade, eu nem sei onde está morando. Além disso, a mulher dele deixou de falar comigo há muito tempo.

— Eu tenho o celular da Rosana no escritório, mas pode ser que tenha mudado o número.

— Vamos resolver isso amanhã. Depois do que aconteceu, temos que tomar providências. Ele pode ferir alguém.

— Lembra do que ouvimos na gravação? — perguntou Glauco.

— Estava pensando nisso agora.

Vendo o ar desolado de Aníbal, Glauco se ofereceu para levá-lo em casa.

* * *

Na manhã seguinte, a polícia rodoviária conseguiu localizar a tia de Rosana pela placa do carro e solicitou o comparecimento de um parente próximo ao posto policial.

Temendo pelo pior e sem ter a quem recorrer, Rosana resolveu telefonar para Glauco para pedir ajuda.

Logo que desligou o celular, o braço direito de Aníbal telefonou para Fábio e pediu que fosse imediatamente a Paraíba do Sul para descobrir o que tinha acontecido.

Naquele momento, não queria sair de perto de Aníbal, a quem dedicara sua lealdade por toda a vida.

Fábio, que desde o dia anterior não parava de pensar em Gabriela, pensou em pedir que ela o acompanhasse, mas desistiu da ideia, ao levar em conta que o programa não era nada agradável.

Enquanto dirigia sozinho pela estrada, pensou na ironia daquele momento em que, logo ele, estava sendo enviado para saber o que tinha acontecido a alguém que nunca gostara dele e sempre fizera tudo para barrar sua ascensão profissional.

Preferiu não antecipar qualquer tipo de preocupação.

Com a maneira objetiva de pensar, que aprendera com os anos de convívio com Aníbal, manteve-se sereno.

Quando chegasse ao seu destino, tomaria as providências necessárias.

* * *

Às duas horas da tarde, Novelli encontrou uma pequena comitiva conversando na varanda do segundo andar da clínica, próximo ao quarto de Antônio: Cristina, Aníbal, Isabel, Gabriela, Glauco, Cecília e Taddeo.

Pela expressão sorridente do médico, todos perceberam que as notícias deveriam ser boas.

O neurologista pediu que os pais de Antônio o acompanhassem até o quarto e disse-lhes que, aparentemente, ele não ficara com nenhum déficit neurológico e que, do ponto de vista intelectual, deveria retomar sua vida em pouco tempo.

Entretanto, fora constatada uma lesão motora nos membros inferiores, o que o obrigaria a passar por dois ou três meses de fisioterapia intensa, antes de poder voltar a andar normalmente.

— Em resumo, o prognóstico é excelente.

— Seu filho voltou, Cristina — disse Aníbal.

— É verdade, mas, para você, acabou de chegar. Agora você vai poder, realmente, conhecê-lo — disse Cristina.

— Já o conheço bastante pelo que você me contou, pelos momentos que passei na companhia dele e, até mesmo, pelas fotos, pelos posters e pelas pessoas que o cercavam...

— Mas agora você vai poder tirar suas próprias conclusões.

Novelli sentiu que estava na hora de deixar os dois a sós.

— Vou falar com o pessoal lá fora. Vocês devem ter muito que conversar.

Aníbal se levantou e abraçou o médico.

— Obrigado por tudo, Sérgio. Você vai cuidar do Antônio daqui em diante.

— Espero que por pouco tempo. Logo, ele não vai mais precisar de médico.

Cristina também agradeceu o que tinha feito por Antônio.

Antes de sair, o médico se voltou e disse:

— Eu é que devia agradecer a vocês, por terem permitido que as histórias da minha vida e desse rapaz se cruzassem.

Cristina e Aníbal não tiravam os olhos dele.

— Nesses muitos anos de profissão, já vivi momentos em que os recursos médicos se esgotaram e tudo o que era possível fazer era rezar pelo melhor desfecho possível, o que nem sempre aconteceu.

— No caso do Antônio, a vida venceu. E isso é maravilhoso.

Cristina e Aníbal assentiram.

Quando Novelli saiu, Aníbal disse a Cristina:

— Preciso que você me guie, de agora em diante, para que eu possa fazer parte da vida do Antônio.

— Claro.

— Você sabe como eu me sinto em relação ao Ricardo e, mais do que isso, como ele se sente em relação a mim. A expressão com que ele me olhou era de ódio. Você viu.

— Não sei o que dizer. Isso parece coisa de filme. Não parece a vida real.
— Te digo mais. Não faço questão que o Antônio venha a saber que eu sou o pai dele.
— Mas acho que ele vai ter que saber. Uma vez eu te disse que as verdades têm o momento certo para serem reveladas. Nós vamos achar um jeito.
— Confio em você.
— Eu sei.

* * *

Cristina e Aníbal saíram do quarto e se juntaram ao grupo que esperava na varanda.

Pouco tempo depois, Antônio voltou dos exames, em uma cadeira de rodas, exibindo uma expressão de quem já começava a se ligar no que estava acontecendo.

Ao ver Cristina, sorriu, e Aníbal reconheceu aquele sorriso das fotos que vira no quarto dele.

Cristina aproximou-se dele, afagou seus cabelos e disse:
— Meu filho, vou te apresentar pessoas que já te conhecem há muito tempo, que estiveram ao seu lado, enquanto você dormia.

Cecília foi a primeira a se dirigir a Antônio:
— Com você a bordo, nosso grupo está completo. Vamos zarpar em direção ao que a vida nos reserva.

Em seguida, cada uma das pessoas que ali se encontravam se apresentou a Antônio.

Logo depois que Glauco disse o seu nome, olhando nos olhos do rapaz, o celular tocou.

Pediu licença para se afastar e, quando Fábio lhe disse o que tinha acontecido com Ricardo, sentiu o chão faltar sob os pés.

Sentou-se em um banco no pátio, segurou a cabeça entre as mãos e pensou:

Não é possível. Como é que o Aníbal vai reagir?

* * *

Dois meses depois, Antônio continuava em uma cadeira de rodas, mas, pelo afinco com que se dedicava à fisioterapia e pelos progressos que vinha realizando, deixava claro que, dentro de pouco tempo, voltaria a caminhar com as próprias pernas.

Aníbal, que não apresentava nenhuma melhora em relação à amnésia, havia aceitado a morte de Ricardo. Influenciado pelo que aprendera com Cristina, passara a acreditar na possibilidade de que cada um de nós, lançando mão do nosso livre arbítrio, pouco a pouco pavimentamos a estrada que nos leva ao nosso destino final. Tinha certeza de que foi exatamente isso o que aconteceu ao seu filho mais velho.

Cristina passou a saborear a vida de maneira muito mais intensa, depois que voltou a ter a companhia constante de Antônio.

Gabriela e Fábio marcaram a data do casamento.

Isabel e Aníbal passavam quase todos os fins de semana na pousada em companhia de Cecília e Taddeo.

Em um dos almoços de sábado, daqueles que terminavam por volta das seis horas da tarde, Taddeo perguntou a Aníbal:

— Você já teve que adiar *il viaggio* a Roma por duas vezes. Desistiu?

Aníbal coçou a cabeça antes de responder:

— Não, de jeito nenhum. Só não estou com pressa.

— É mesmo? E olha que você sempre foi um *uomo* decidido. *De onde viene questa calma?*

— Sabe, meu amigo, aprendi que, para conhecer tudo o que Roma tem a oferecer, assim como para viver, *uma vida não basta*. Se eu não for lá dessa vez, vou na próxima.

— È vero, meu amigo. È vero.

Cecília, que testemunhava a conversa dos dois amigos à distância, levou a mão ao broche, que tinha a forma do olho de Hórus, e pensou:

O que realmente faz a diferença, em relação à vida, além da nossa maneira de agir, é o modo pela qual olhamos para ela.

Levando em conta o rumo que a vida de Aníbal havia tomado, não teve dúvida de que, se a existência de cada um de nós guarda, de verdade, um sentido, aquele homem, que um dia lhe afirmara não acreditar em nada, tinha encontrado o seu caminho.

* * *

"Sempre imaginando como atendê-lo melhor"
Avenida Santa Cruz, 636 * Realengo * RJ
Tels.: (21) 3335-5167 / 3335-6725
e-mail: comercial@graficaimaginacao.com.br